CHARADE BUNKO

Illustration

八千代ハル

CONTENTS

「ようこそスループリー校へ、バーネットくん」

ソファに座ると、向かい合って座った校長が穏やかに言った。

顔を縁取る豊かな頰髭(ほおひげ)と、小さい穏やかな目の、そろそろ老年に差しかかろうかという男だ。

第一印象は悪くはない、とルイスは思った。

前の学校の痩せた威圧的な校長とは違う。

それを言うなら、少人数の授業にも使われるこの校長の書斎の片づきすぎていない心地よい雑然さは、部屋の主(あるじ)が極端に神経質すぎないことを表していて悪くない。

だがまだ油断はできない。

校長と、校長の部屋だけでは、この寄宿学校がどういう色を持った場所かは判断できないからだ。

もちろん、前の学校に比べて新しい……言い換えれば歴史の浅い学校であること、後発で知名度が低いゆえに貴族の子弟などはおらず、上層中流階級の子どもがほとんどであることは、少しは安心材料だ。

前の学校はいわゆる名門で、親の代からその学校に在籍していた貴族や政治家の子どもが多く、ルイスには身の置き所がなかったのだ。

　少なくともここなら、そういう心配だけはないだろう。

　伝手(つて)を駆使してルイスを前の学校に押し込んだ叔父(おじ)は、学校から退学を促されたときには激怒したが、それでも次は毛色の違う学校を選んでくれたことだけはありがたい。

　そして、制服が紺のラウンジスーツに平たい麦わら帽であるのも好印象だ。

　燕尾服(えんびふく)にシルクハットの……少しばかり時代遅れの気取った制服は、ルイスにとっては似合わない借り着のようだったのだ。

「とりあえずきみには、四年級に入ってもらう」

　校長は話を続けている。

「試験の結果では五年級でもよさそうだったが、まずは様子を見るためにね。成績がよければ学期の途中でも上に進めるだろう。その逆ももちろんあるがね」

　ルイスは黙って頷(うなず)いた。

　前の学校では五年級にいたのだが、冬期休暇を前にした半端な時期の編入だし、仕方のないことだろう。

　十七歳になったばかりのルイスだが、できれば一年でも早く寄宿学校など卒業してしまいたい。

　その先、大学にも行かなくてはいけないのだろうから。

さらにその先を考えると気が重いが、とにかく今は勉強を頑張るしかない。

だが問題は……勉強さえできればいいわけではない、ということだ。

運動。

そして人間関係。

いったいどういう人間関係が待ち受けていることか、とルイスは憂鬱だ。

そのとき、部屋の扉がノックされた。

「どうぞ」

校長が応じると扉が開いて、一人の生徒が入ってきた。

最初に目についたのは、黒い瞳だった。

続いて、すらりと背の高い……肩幅が広く手足の長い身体(からだ)が目に入る。

ゆるやかな癖のある、黒い髪。

きつすぎない印象の、くっきりと黒い眉。

鼻筋は通り、面長の輪郭はしっかりしていて、男らしく大人びた印象の整った顔立ちだ。

一文字に結んだ唇の端がわずかに上がっているのが、真面目(まじめ)で冷静な雰囲気に親しみやすさを加えている。

年はルイスよりも明らかに上、そしてルイスがここにいる今、部屋に入ってきたということは、ルイスの面倒を見る最上級生なのだろうとわかる。

だとすると十八歳……十七歳になったばかりのルイスよりも一歳、誕生日によっては二歳近く離れているのかもしれないが、それでもかなり大人っぽく見える。

たぶん、いわゆる優等生……頭もよくスポーツもでき、そして決して高圧的で威圧的なタイプではない、穏やかで信頼できそうな人柄なのだろうと想像がつく。

「バーネット、彼はエバンズ、きみが入るセント・ジョージ寮の監督生だ」

校長がそう言うと、エバンズと呼ばれた上級生はにっこりと笑ってルイスに手を差し出した。

「ようこそスループリーへ、バーネット」

ルイスは慌てて立ち上がり、差し出された手を握り返した。

「よろしくお願いします……エバンズ」

年齢や学年に関係なく名字で呼び捨てにする習慣はあまり好きにはなれないが、前の学校でなんとか身につけたものだ。

ぎゅっと握られた手は指が長く、ルイスの手をすっぽりと包んでしまう大きさだ。

掌（てのひら）越しに伝わる体温を感じたくなくて、ルイスは軽く握った手をすぐに放した。

エバンズの身長は、ルイスより頭ひとつ高い。

相手から見ればルイスは、骨組みが細く年のわりに小柄な、貧相にすら見える体格だろう。

髪は細い、茶色がかった中途半端な金髪、鼻も口も小ぶりで目だけが大きいため、いっそう痩せて見えるらしいという自覚もある。

褒め言葉があるとすれば「品がいい」「癖がない」といったあたりだろうが、それは要するに目立たず特徴が薄い、という言葉の裏返しでもある。

そんなことを考えているルイスに、エバンズはにっこりと笑った。

白い歯が覗く。

「何か困ったことがあったら、遠慮なく俺に言ってくれ」

その笑みに、ルイスはぎくりとした。

似ている。

忘れてしまいたい「彼」が、初対面のときに浮かべた笑みと、似ている。

顔立ちそのものが似ているわけではないと思うのだが、与える印象が同じなのだ。

人当たりがよく包容力があって、親しみやすそうで、それでいて毅然としている。

一目で、この人と親しくなりたい、と思わせるような。

年長者からも年少者からも好感を持たれるような。

だがそういう第一印象が、その人の真実を表しているとは限らない。

特に監督生などをやっている優等生は、自分を「どう見せるか」ということに長けているものだ。

そしてその裏には……別の顔を隠し持っている。

このエバンズという上級生がそうであるかどうかはまだわからないが……可能性は大いにある。

近寄りすぎたら自分が傷つく。

近寄ってはいけない、とルイスは思った。

「バーネット？」

エバンズが怪訝そうに呼んだので、ルイスははっと我に返った。

何か尋かれていたらしい。

「あ……すみません、もう一度」

「いや、特に質問がなければ寮に案内するよ、と言ったんだけど」

ルイスは思わず赤くなった。

相手の話が耳に入っていなかったことが露骨に伝わってしまった。

気を悪くしただろうか、それならそれでもいい、と思いながらエバンズを見ると……エバンズの瞳に、ちらりと笑いが浮かぶ。

——やはり「すべてを知る前の彼」に似た、悪気のない、少し茶目っ気のある笑いが。

唇を噛み締めて俯いてしまったルイスの頭越しに、

「それでは、失礼します」

エバンズが校長にそう言った。

「ああ、頼んだよ」

校長が穏やかに答え、ルイスは慌てて校長に向かって黙礼してから、部屋を出るエバンズに続いた。


この学校には、寮が四つ。

それぞれ石造りの独立した建物で、ルイスが案内された寮の入り口には、何か、植物の意匠が彫られた石が据えられている。

玄関を入ると、ホールの脇に、担任教師を兼ねた寮監とその妻が暮らす数部屋。

朝食用の小さな食堂。

昼食と夕食は本館の大食堂ですべての寮の生徒が一緒に取るようだ。

そして、寝室。

「ここだ」

エバンズが先に立って、開け放たれた扉の中に入る。

木の床の、広い部屋の通路を挟んだ両側の壁に、十ずつベッドが並んでいる……つまり、二十人がここで一緒に寝起きするのだ。

今は授業時間で誰もおらず、静まり返っている。

真鍮（しんちゅう）の枠のベッドはすべてきちんとベッドメイクされていて、それぞれのベッドの間には ルイスの背丈よりも少し高いくらいの木の衝立（ついたて）が置かれている。

個室ではないが、ある程度はプライバシーを保てる造りだ。

前の学校では五十ものベッドがひとつの部屋に詰め込まれ、衝立があるのは窓際の端の、監督生のベッドだけだった。

伝統校と新設校の違いだろうか、それともこの学校は、身分は中流階級でも裕福な家庭の子どもが多いからだろうか。

「きみのベッドはそこ」

エバンズは、入り口から見て右側の列、奥から二番目のベッドを示した。

ある程度の身の回りのものを置けるようになっている扉のない棚と、洗面用の盥（たらい）と水差しが置かれた小さな台がある。

「荷物はここと、廊下にも個人用の棚がある。きみの斜め向かいのベッドが部屋長のモリス、あとで紹介する」

部屋長というのは、高圧的か、面倒見のいいお節介か、どちらだろう。

高圧的なほうがましかもしれない、とルイスは思う。

「俺の部屋は監督生用の個室……廊下を出て右側の扉だ」

エバンズは、入り口の脇にある別の扉を示した。

「就寝時間前なら出入りは自由、何かあったら……なくても、いつでも訪ねてくれていい」

エバンズは人好きのする笑みを浮かべてそう言うが、まさか用もないのに入り浸ることを歓迎しているわけではないだろうから、寛大さを示すポーズなのだろうと感じる。

「ベッドメイクは各自。洗面用の水は、下級生が毎朝当番で汲んでくることになっている」

続く言葉に、ルイスは苦いものを感じた。

ここもやはりそうなのか。

上級生が下級生をこき使うのは、こういう寄宿学校の常識らしい。

各自でやることになっているベッドメイクや、靴磨きや使い走りなどを、横暴な上級生の命令で弱い下級生がやらされてへとへとになってしまうのを、ルイスは前の学校で見てきた。

生徒たちは、家に帰ればそういうことはすべて下働きの女中に任せられるような暮らしをしている。

上級生がそうやって下級生をこき使うのには、そういう育ちの自分が下級生のころにやらされたことへの、復讐のような意味合いもあるのだろう。

この、親切で寛容に見えるエバンズも、そういうことに疑問を抱いてはいないのだろうか。

ちらりとルイスの胸に反抗心が芽生えた。

「……自分で汲んでおいてもいいいんですか？　前の夜とかに」

そう尋ねると、エバンズは驚いたように眉を上げた。

「もちろん、そうしたいのなら」

そう言ってから、その黒い瞳に茶目っ気を浮かべる。

「ただしこれからの季節、一晩置くと水が凍ってしまうから、汲むなら朝をお勧めするよ」

気のきいた冗談を言っているつもりなのだろうか。

もちろんルイスは知っている。

夜に汲んでおいた水が朝には凍っていることも。

早朝に外の井戸まで水を汲みに行くことの辛さも。

寒さに震えながら急いで寝間着の上に外套を羽織り、震えながら桶を持って外に出て、共同井戸に並んで水を汲み、重い桶を引きずるようにして家に戻るころには身体が冷え切っている。

前の学校でもそうだったし、寄宿学校に入る前、家にいたころもそうだった。

子どもが水を汲んでいる間に母が暖炉に火を熾しているが、一間しかない狭い家はすきま風が通り、部屋が暖まるには時間がかかる。

指先はかじかみ、あかぎれで血が滲み、貧しい朝食は身体を温めるには量が足りない。

空腹と寒さを抱えたまま、働きに出るきょうだいを横目に、自分だけが近所の学校に通わせてもらうことの後ろめたさ。

お前は賢いから、勉強をして少しでもいい給料を取れる仕事についてくれればいいのよ、と言ってくれた母や姉の優しさは、思い出すたびに胸を切り裂かれるような辛さを覚える。

「……バーネット？」

エバンズの声に、ルイスははっと我に返った。

エバンズは何か探るような瞳で、ルイスをじっと見つめている。

「何か心配なことが？　尋きたいことがあったら言ってくれ」

「いえ」

ルイスは慌てて首を振った。

「別に……なんでも」

「……そう」

エバンズは一瞬眉を寄せかけたが、またすぐに穏やかな笑顔になった。

「じゃあ、荷物を置いたら本館に戻ろう」

ルイスは黙って、部屋を出ていくエバンズに続いた。


寄宿学校は寄宿学校だ。

前の学校と、違うところはあっても根本は変わらない。

十三歳から十九歳までの男子生徒がひしめき合う、閉鎖された空間。

食事が質素で量が少ないのはこの国の寄宿学校に共通しているらしい教育方針だからで、生徒たちは不満を抱いてはいるが、少なくとも飢える心配はない。

優秀な生徒はさっさと最終学年までを終えて大学に進むし、勉強ができない生徒は十九歳になるまで中程の学年をうろうろしたあげくに、いつの間にか姿を消していたりする。

授業は大きい講堂での講義と、少人数での討論。

ラテン語や文学、歴史などの教養が主で、他に数学や化学などもある。

ルイスはもともと貧しい子どもが通う公立の学校にいて文字や算数など実用的なことしか学んでいなかったが、突然環境が変わって寄宿学校に入れられてから必死に勉強し、今では一番重要なラテン語は得意科目にすらなっているから、勉強は苦ではない。

しかし……もうひとつ、こういう学校での二本柱の片方、運動となると話は別だ。

まず、体力がない。

子どものころの栄養不足が原因と言われたこともあるのだが、持久力がなく、それどころか身体が弱くてしょっちゅう原因不明の熱を出す。

当然、運動の成績はよくない。

走るのだけは遅くはないが、長距離は無理だ。

ボクシングなどの殴り合いは苦手。

そして、チームプレイがだめだ。

どうやら何をするにも、反応が一歩遅いらしい。

一緒にボールを追い回したり、ボートを漕いだりするのが苦手で、同じチームになるのをいやがられる。

今度の学校でもたぶんそれは同じで、仕方のないことだ。

とにかく目立たないようにに、力の強い生徒から目をつけられないようにして、大学に推薦してもらえるだけの成績をさっさと取って、ここを出ていく……ルイスが考えているのは、それだけだ。

だが、その「目立たないように」というルイスの目標は、翌朝早くも躓いた。

朝、起床の鐘が鳴ると、二人の生徒が飛び起きて靴下と靴を履き、寝間着の上に上着を羽織って、部屋を走り出ていくのが見えた。

水を汲みに行く下級生だ。

やはりここでも、下級生は辛い使い走りだ。

ルイスは急いで起き上がり、靴を履いて後を追った。

昨日エバンズに「自分で汲みに行く」と言ってしまったし、実際、そうするつもりだった。その際自分の水差しだけを持っていくのも変なので、全員分の水を汲みに行く下級生を手伝おうと思ったのだ。

「待って」

前を行く下級生に声をかけると、二人は振り向き、驚いたような顔になった。

「あの、何か」

「僕も手伝う」

ルイスがそう言うと、二人は顔を見合わせる。

「でもあの……僕たち、当番なので」

「でも、人数分を井戸から汲むのは大変だろう、この寒さだし……井戸はどこ？」

ルイスが尋 くと、二人は困ったようにまた顔を見合わせた。

「あの、井戸じゃないです……水道です」

「一人ひとつ、手桶を運んでくればいいだけなので、大丈夫です」

水道……外の井戸ではなく。

新しい学校だから、水道設備があるのか。

だとしたら、当番の負担は、比較にならないくらいに軽い。

ルイスは顔が赤くなるのを覚えた。

「でも……重い水桶を……下級生に……」

「持てないような重さじゃないです」

片方の下級生がそう言って腕まくりをし、力こぶを作ってみせる。

「ほら、筋肉あるんですよ」

「先輩たちもみんなそうやって、力をつけたって言ってるし」

二人ともそう言われてみると、ルイスよりも背は低いが、身体はよほど丈夫そうだ。

何か、勢い込んで見当違いのことをしてしまったのだろうか。

そのとき、部屋の扉から一人の生徒が顔を覗かせた。

「どうした」

部屋長と紹介された、モリスという大柄な最上級生だ。

「水汲みは？」

「あ、行ってきます！」

下級生二人はさっと駆け出していき、ルイスは廊下に取り残されてしまう。

「バーネット」

モリスが寒そうに腕組みしながら廊下に出てきた。

どうやら高圧的でもお節介でもない、淡々と義務を果たすタイプの生徒のようだ。

「何か問題が?」

「いえ……あの」

ルイスが思わず俯くと、

「手伝おうとしてくれたんだ」

別の声がした。

はっとして振り向くと、共同寝室の隣の扉から、エバンズが顔を覗かせていた。

「え? 手伝う? あいつらを?」

モリスが戸惑った顔で、ルイスとエバンズを交互に見る。

どう説明すればいいのか、と気まずい思いでルイスが俯いていると、エバンズが言った。

「きっと、下級生には大変な仕事だと思ったんだろう。でもバーネット、大丈夫だ、係は一日交替だし、俺たちも下級生のころにやったが、それほど辛い作業ではないんだ」

ルイスの行動をけなすでも馬鹿にするでもない、穏やかに説明するようなエバンズの言葉に、ルイスはいたたまれなくなった。

もちろんそうだ、エバンズの言葉が正しいのだろう。

自分が、前の学校での経験から勝手な思い込みをして、先走ってしまっただけのことだ。

目立たずに学校生活を送ろうと思っていたのに……初日から台無しだ。

だがそれも……昨日のエバンズの、「自分で汲むなら朝をお勧めする」という揶揄するような言葉に反発してしまったからだ。

そんな必要はない、水道があるのだからと言ってくれればよかったのに。

とはいえ、エバンズはルイスがどうして「自分で汲む」などと言ったのか知らないのだから、これはいいがかりのようなものだと思うし、そういう自分がまた恥ずかしい。

「部屋に戻りたまえ」

エバンズが穏やかに言い、モリスが部屋に引っ込むのに続いて、ルイスもしぶしぶ寝室に戻る。

それぞれに仕切りの中から興味津々でこちらを見ている他の生徒たちの前を通るのが気まずく、自分のベッドに戻って腰を下ろしたときには、当番の下級生が水桶を持って元気よく部屋に飛び込んできた。


おかしな奴。

一日目ですでに、ルイスは他の生徒からそういう目で見られるようになってしまった気がしている。

朝から目立つことをしてしまったわりに、もともとの引っ込み思案から、話しかけられても気のきいた反応はできず、少人数の討論式の授業でも強い主張ができるわけではない。

　それでも生徒たちが編入生に興味を持つのは当然の話で、食堂で隣席になった生徒が、

「どう？　うちの学校に慣れそう？」と話しかけてきた。

　すべての寮生が集まる大ホールでの食事だがテーブルは寮ごとに分かれているから、隣席の生徒は当然、同じ共同寝室の生徒だ。

　ひとつ置いた隣のベッドの、同学年の生徒……ということはわかる。

「……なんとか」

　ルイスは頷いた。

　何もルイスだって、誰とも親しくならずに孤立して突っ張っていたいと思っているわけではなく、適度な距離感で普通に会話を交わしたいとは思うのだが、どうしても構えてしまってぎこちなくなる。

　しかし話しかけてきた生徒は、それくらいのことは気にしないようだ。

「僕はアレン」

　そう自己紹介する。

　そばかすと、少し上を向いた鼻が親しみやすい、悪戯っぽく話好きな雰囲気の少年だ。

「ねえ、きみ、前はアームスにいたんだろ？」

　アレンは、ルイスが前にいた学校の名前を出し、ルイスはびくりとした。

もう、そんな話も広まっているのだろうか。

貴族の子弟が多い、名門の学校から移ってきたことを、知られているのだ。

「でもって、バーネット繊維会社の息子なんだよね？」

ルイスはぎくりとしてアレンの顔を見た。

アレンは悪気のない、しかし興味津々といった顔だ。

「日の出の勢いの会社だよね。アームスにいたほうが、会社に役立つ人脈作れたんじゃないの？　なんで移ってきたの？」

気がつくと周囲の数人も、聞き耳を立てているのがわかる。

「それは……」

ルイスは口ごもった。

綿花の取引から出発し、数年前に画期的なプリント地の生産で繊維業界に革命を起こしたとまで言われている叔父の会社のことは、こんな寄宿学校の生徒でも知っているのだ。

だがアレンの言葉には間違いがある。

自分は、そこの「息子」ではない。

独身の叔父から相続人に指名された、甥（おい）だ。

だがそれを口に出すと、隠しておきたいその他のことまで追及されることになりかねない。

そして今尋かれているのは、転校の理由だ。

「……なんとなく、馴染めなくて」

ようやくルイスはもごもごとそれだけ言った。

それは、嘘ではない。

「そっかあ」

アレンは首を傾げる。

「やっぱ、貴族が多いと、やな感じ？　お高くとまってたりすんの？　苛められたりした？」

「そういうわけじゃ、ないけど……」

苛められたのではない、ただ……見下されただけだ。

もちろん、自分が叔父の「息子」で、富裕な上層中流階級の子どもとして育ったのであれば、そんなことはなかっただろう。

だが、ルイスのそんな立ち位置は付け焼き刃のものだ。

ロンドンの下町で食うや食わずの生活をしていた自分が、会ったこともない叔父からいきなり相続人に指定され、そして名門の寄宿学校に放り込まれた。

馴染めるほうがどうかしているが、それでも頑張ろうと思ったのだ。

もし……もし……「彼」に、あんなふうに見下されなければ。

苦い思いが蘇り、胸の辺りがむかむかしてくる。

「でも、転校するくらいだからさ」

アレンがさらに何か言おうとしたとき、

「そこ」

少し離れた席から声が飛んだ。

「食事中は静かに」

エバンズだ。

怒っているのではない、ただ冷静に注意を与えている、という余裕のある態度。

「いけね」

舌を出し、アレンが自分の皿に顔を向ける。

ルイスはほっとしたが、完全に食欲を失っていた。

だが、食事を残すなんてことはできない。

今この瞬間にも、母やきょうだいたちは空腹に耐えているのかもしれないのだから。

夕食は羊肉やじゃがいもの煮込みで半分ほど食べ終わっていたので、残りを無理矢理に口に運び、なんとか飲み下す。

食事が終わって食堂から出る際、

「なんか、あんまり話したくないって雰囲気？」

「お高くとまってるよね」

「だったらアームスにいりゃよかったのに」

背後でそんな声が聞こえ、自分のことを言っているのだとわかった。

続いて、

「何をしてアームスにいられなくなったのか知らないけど、もともとお坊ちゃんなんだろ。うちには合わないいんじゃないの」

そんな声まで聞こえ、思わず苦い笑いが浮かぶ。

お坊ちゃんなんかじゃない。むしろお坊ちゃんだったら、どんなによかったか。

だがこの雰囲気だと、「友人」ができるどころかここでも孤立が待っているのだろう。

それならそれでいい。

心を開いてしまった後で、掌返しで傷つけられるくらいなら……最初から誰とも親しくなんてならないほうがいい。

ここには勉強をしに来たのだ。

とっとと進級して、卒業してやる。

ルイスは唇を噛み締めながら、そう思った。

＊＊＊

「ねえきみ」

十三歳でアームスに入り、馴染めなくて一人でいたルイスに最初に声をかけてきたのが、ヒューバートだった。

鳶色（とびいろ）の髪と、優しい鳶色の瞳の、背の高い少年。

ふたつ上の優等生。

寮も違って接点はなく、ただ、どうしてもどこかに所属しなくてはいけなかったスポーツで、唯一ルールを知っていたフットボールのチームに、彼がいたのだ。

スポーツも勉強もでき、整った顔立ちで、下級生に慕われ上級生から信頼される、誰もが認める優等生。

そして何より、伯爵家の長男で、本人も子爵の称号を持っている。

まさに、アームス校を体現する、アームス校らしい生徒だった。

かろうじて中流階級の生徒たちの中にまじりつつ、おどおどしているだけだったルイスにとっては、接点などあろうはずもない相手だ。

そしてルイスにとっては、生まれてはじめて会話を交わす「貴族」でもあった。

「足、速いね」

彼は、いきなり話しかけられて見るからに緊張しているルイスに笑いかけた。

「もっと体力をつけたら、いい選手になりそうだ」

身体が小さく体力もなくて、運動が苦手なルイスに、彼はそう言ってくれた。

そして、ボールを操る練習の時間を設けて、つき合ってくれた。

結局ルイスはそれほどうまくはならなかったのだが、ヒューバートは何かとルイスを気にかけてくれるようになった。

並んで歩くときに身長差のあるルイスの肩を抱くように組んだり、何かの拍子にちょっとルイスの髪を撫で(な)たり頬をつついたりというスキンシップが多めなのも、気恥ずかしくはあったが、決していやではなかった。

ヒューバートにはそういう、人と人との間の垣根をひょいと気軽に越えられるところがあったのだ。

「ねえ、もしかしてきみの乳母(うば)は、ロンドンの下町出身だった?」

あるときヒューバートはそんなことを尋ね、ルイスは戸惑った。

ルイスが実業家の叔父の「跡取り」であることは周知の事実だが、その叔父の家で育ったわけではなく、乳母がいるような子ども時代を送ったわけではない。

だが学校に入る際、叔父に「育ちのことは人に言うな、お前は私の跡取りなのだ」ときつく言われたので、貧しい育ちであることは誰にも言っていなかった。

ヒューバートはどうして、乳母のことなど尋ねるのだろう。

しかしヒューバートはルイスの返事を待たずに、言葉を続けた。

「僕の乳母はアイルランド人で、僕も弟もアイルランド訛り(なま)がずいぶん長いこと抜けなかった。きみも、ロンドン下町言葉が時々入るから……親も、そういうことを気にするなら乳母選びから気を遣ってほしいよね」

それは——ルイスにとって、目の前が開けた瞬間だった。

アームスに入り、周囲の人間と自分の言葉が少し違うことは感じていた。

何か言って、くすくすと笑われたことも一度や二度ではない。

そういうことが重なって、ルイスは口を開くのが怖くなり、生来の内気に拍車がかかって引っ込み思案になっていたのだ。

だが……乳母がいるような家では、子どもが乳母の言葉に影響されることがある。

だとしたら、「話す」ことをそんなに怖がらなくていいのだろうか。

それから周囲の会話に聞き耳を立てていると、確かに、皆が皆模範的な英語を喋(しゃべ)っているわけではないらしいことに気づいた。

それでもこの生徒たちが大人になって、議員になったり、社交界とやらに関わるようになるころには、「ちゃんとした」英語を身につけていくはずだ。

だとしたら、自分にだってそれはできるはずだ。

そこでルイスはヒューバートの話し方を真似(まね)るところから始め、一年が経(た)つころには、言葉を笑われることはほとんどなくなっていたのだ。

ヒューバートとの関わりで得たものはそれだけではない。

下級生が上級生にこき使われ、時に苛められるのは、一種の「伝統」らしかった。

ルイスのような、小柄でいかにも気の弱い生徒は、格好の標的だった。

それこそ靴磨きやベッドメイク、朝の水汲みから、他の生徒への伝言や、食堂の場所取りのようなことまで、目が合った瞬間に相手が何か命令することを思いつくのだから、息つく間もなかった。

だがルイスがヒューバートの「お気に入り」だと思われるようになると、他の上級生からのそういう扱いは激減したのだ。

いったい、ヒューバートは僕の何を気に入ったのだろう、とルイスは疑問に思ったものだ。

面倒見のいい優等生だったヒューバートが「面倒を見るに値する」存在としてルイスを選んだのだろうか。

何かしら、保護欲を刺激する要素を、ルイスに見つけたのだろうか。

理由はわからないが、とにかくヒューバートはルイスを可愛(かわい)がり、ついには、休暇に招いてさえくれたのだ。

学校に入ってから、ルイスは長期休暇は、寮に残って過ごしていた。

親を亡くし後見人と不仲だとか、親がインドに赴任していて不在だとか、家に何か問題が起きてごたついているとか、さまざまな理由で帰省しない、できない生徒は毎回何人かいる。

ルイスは、叔父の相続人に指定された時点で母やきょうだいとの関わりを禁じられたが、その叔父の家で休暇を過ごす気にもなれなかった。

高圧的で俗物である叔父にルイスはどうしても好感を持てなかったし、一緒にいるのは苦痛ですらあったからだ。

勉強をしたいから寮に残ると手紙で知らせれば、叔父も無理に家で過ごせとは言わなかった。

そもそも叔父が、あらゆる伝手を頼ってルイスを名門の寄宿学校に押し込んだのは、いずれ事業を継いだ際に役立つ「箔（はく）」と「人脈」を得させるためだった。

だから、休暇は「伯爵家の田舎（いなか）の領地に招かれた」と手紙で知らせたときには、まさに驚喜した許可の返事が届いたのだ。

ルイスとしては、叔父の思惑に乗っかるようで後ろめたい気持ちがなかったわけではない。

だがそれ以上に、ヒューバートと休暇を過ごすことが嬉しく、そしてもちろん、自分が知らない貴族の生活というものに興味もあったのだ。

休暇は最初、とても楽しかった。

ヒューバートの家族はルイスを愛想よく迎えてくれ、上流社会の常識や習慣を知らないルイスを笑うこともなかった。

しかし次第に、負の部分も見えてきてしまった。

ヒューバートの家族は……もちろんヒューバート自身も、大勢の使用人に支えられる生活をしていながら、まるで使用人は見えない、存在もしないように振る舞っていたのだ。

新興の実業家である叔父の家で、叔父が使用人に横柄に振る舞うのを見てすら胸が痛かったルイスにとって、「存在すら見えていない」様子はショックだった。

そして、ルイスが何かを思い悩んでいるらしいことに気づいたヒューバートに心配され、ルイスは、話してしまったのだ。

ヒューバートなら理解してくれるのではないかと思って。

父は貧しい牧師で、自分が八歳のときに亡くなったこと。

頼れる親類もなく、その後、母一人で辛い仕事をし、五人の子どもを育ててくれたこと。

だから……自分は、ロンドン下町で、本当に貧しい生活をしていたこと。

十三になったとき、長い間音信不通だった父の弟である叔父が現れ、誰か一人を自分の後継者、相続人にしたいと言い……学校の成績が一番よく、従順そうに見えるルイスに白羽の矢が立ったこと。

条件として、母やきょうだいと完全に縁を切るよう言われたこと。

叔父はルイス一人を自分のもとに引き取り、母や他のきょうだいに経済的な援助をしてくれる気はまったくなかったのだ。

ルイスは悩み、断ろうとしたが、母やきょうだいたちに説得された。

一人でも、この生活から抜け出せるのはいいことだ、と。

母のほうでも、食べさせなければならない男の子が一人減るのは助かる、と。

周囲でルイスと同じ年くらいの子どもたちは、もう働きに出て家にお金を入れるようになっていたが、母はルイスに勉強をさせようとしていた。

いずれ少しでも多くの給料を得られるような仕事につけるように、と。

だがそれは母にとって、大変な負担でもあったのだ。

叔父のところに行けば、教育は受けさせてもらえる。

お前はそうするべきだ、私たちは私たちで今まで通りやっていく……と。

悩んだ末、ルイスは決心して家を去り、寄宿学校に入れられた。

ルイスの母は、きつい労働である洗濯婦や、通いの雑役婦などの仕事をしていた。

だからルイスは、使用人を見ると、そうやって他人の家で働いていた母と、どうしても重ねてしまう。

ヒューバートの家の使用人は、特別に過酷な扱いを受けているわけではないのだろうが、それでも「存在を無視」されている様子を見ているのは辛い。

そういうことを、ルイスは訥々(とつとつ)とヒューバートに打ち明けたのだ。

ヒューバートは黙って聞いていたが、やがて肩をすくめて口を開き――

＊＊＊

「うあ！」

ルイスは叫び、その声に驚いて目を開けた。

ようやく見慣れてきた天井。

ベッドの左右の仕切り板。

寄宿学校の寮の、共同寝室だ。

ばくばくと音を立てている心臓のあたりを拳で押さえながら耳を澄ませると、周囲の生徒の寝息、いびき、寝返りを打つ音などが聞こえてくるが、ルイスの声で起きた生徒はいないらしい。

自分で思ったほど大きな声を出したわけではなかったのだろう。

ルイスはふうっとため息をついた。

あんな夢を見るなんて。

ヒューバートの、突然の態度の変化。

そして、それについていけなかった自分。

その結果、掌を返したように冷たくなったヒューバートは、休暇が明けるともうルイスに話しかけることもしなくなっていた。

それまで「ヒューバートのお気に入り」という目で見られていたルイスに対し、他の上級生の当たりもきつくなった。

それでも一年ほど、なんとか耐えたルイスだが、とうとう呼吸ができなくなって倒れ、医師に学校生活の負荷が大きいと診断され……

結果、学校側から「当校には向かないのではないか」とやんわり退学を促されたのだ。

すべては、自分がヒューバートを信頼し……言うべきではないことを打ち明けてしまったのが原因だったと思う。

ヒューバートからすると、新興成金の相続人という立場は半ば優越感と憐(あわ)れみをもって受け入れられても、下町で空腹を抱えながら育ち、実の母は今もどこかの家の使用人であるかもしれないルイスの環境は、対等な関係を築くに値しないものだったのだ。

それどころか——

打ち明け話の後の、ヒューバートの態度を思い出すと、また呼吸がしづらくなってくる。

貴族のお坊ちゃんなんて、しょせんそんなものだったのだ。

だが……ルイスにとって何より辛かったのは、そんなヒューバートの人間性に気づかず、自分が心を開き、甘え、頼ってしまっていた事実だった。

どうしてあんなに彼を信頼してしまったのか。

そもそも不安だったのだ、と思う。

下町で貧乏暮らしをしていて、下町の公立学校に通っていた自分が、いきなり名門の寄宿学校に入れられてやっていけるのかどうか。

ついていけないのではないか、馬鹿にされるのではないか、と……本当に不安だったのだ。

最初は大変だったし、辛かった。

それでも歯を食いしばって頑張っていたら、ヒューバートが声をかけてくれた。

それから、学校生活は一変したのだ。

容姿も成績も家柄も完璧で、誰からも一目置かれている生徒が、自分などに興味を持ち優しくしてくれたことに……浮かれてしまったのだと思う。

自分には何かそういう……ヒューバートのような人が好意を持ってくれる価値のある、何かがあるのではないか、と……無意識に思ってしまっていたのかもしれない。

他の生徒の、自分に対する当たりがやわらかくなったのも、そういう「何か」を認めてもらえたのかもしれない、と。

だが、それは幻想だった。

ヒューバートの態度ひとつで、学校全体が掌を返すくらいに、ルイス自身の価値など、何ひとつなかったのだ。

二度と同じ間違いはしない。

誰かを信頼し、心を開くなどということは。

この学校だって、前の学校よりも階級的には低くても経済的には豊かな家の子どもばかりだ。

自分は違う、自分だけは異質だ、彼らと同等などではない。

それでも……大学に行けば、こういう寄宿学校ほど人間関係は密ではないだろうし、貧しい家出身の苦学生だっているはずだ。

叔父が望んでいる、貴族や実業家、政治家の子弟との人脈作りは難しいかもしれないが、それでももしかしたら誰か……友人と呼べる相手も、できるかもしれない。

とにかく、今は辛抱だ。

ルイスは唇を嚙み締めて自分にそう言い聞かせていた。

「バーネット」

寮の建物を出たところで背後から声をかけられ、ルイスにはそれがエバンズの声だとすぐわかった。

立ち止まり、気が進まないという態度を隠さずにゆっくりと振り向くと、大股にエバンズが歩み寄ってきた。

顔には、あの笑み。

余裕のある、寛大そうな、親切そうな、笑み。

ヒューバートが浮かべていた笑みと同じ種類の。

容姿が似ているわけではない。

ヒューバートは鳶色の髪と瞳で、エバンズは黒髪と黒い目。エバンズのほうが少し背が高いし、顔立ちはヒューバートのほうが繊細で、エバンズのほうが造りがしっかりしていて男らしい。

だが、笑みが同じだ。

裏側に何かを隠し持ちつつ、「自分はこういう人間だ」と見せかけるためのように見える、笑み。

「何か？　これから自習室に行くんですけど」

小脇に本やノートを抱えたルイスの姿を見ればわかるであろうことを、あえて口に出す。するとエバンズは頷いた。

「俺も本館の図書室に行くところだ。時間は取らせない、一緒に歩きながらちょっと話そう」

ルイスがいいともいやだとも言わないうちに、隣に並んで歩き出す。並ぶと、エバンズが自分よりも頭ひとつ背が高いのがよくわかる。

「ここには慣れた？」

エバンズが尋ね、ルイスは無言で頷いた。

「夜は眠れている？　何か困っていることは？」

「……ありません」

ルイスが前を見たままそう答えると、エバンズは少し身を屈め、ルイスの顔を横から覗き込むようにした。

「……俺は何か、きみの気を悪くするようなことを言ったのかな、だったら謝る」

ルイスは思わずエバンズを見て、目が合った。

エバンズの黒い瞳が、真っ直ぐにルイスを見つめている。

わずかに眉を寄せ……不機嫌というよりは、少し困った様子に見える。

「え、あの、どうして」

「なんとなく、そういう気がして」

エバンズはそう言って身体を起こす。

「俺が、気づかずに何か、きみを傷つけるようなことを言ったのかな、と……きみと話したのは、初日の案内のときだから、あのときに何か？」

意外に鋭い、とルイスは感じた。

いや……嫌われることに慣れていないから、他人から拒絶の気配を感じると敏感に反応してしまうのだろうか。

だがどう答えればいい？

水汲みに関して、揶揄されるようなことを言われて腹が立ったと？

それは半分でしかない。

忘れてしまいたい相手に、笑い方が似ているから接したくないと？

そんなのは理由にならないと、自分でも思う。

そのとき……

「あ、ハル」

エバンズが、すれ違った生徒に声をかけた。

小柄な、水色の明るい目をした下級生だ。

ルイスに「ちょっと待ってて」と声をかけ、エバンズはハルという少年に近づく。

「エバンズ、何か？」

ハルは嬉しそうに、ちょっと頬を上気させてエバンズを見上げる。

「さっき、きみがモリスの靴を磨いているのを見た。あれは、無理矢理ではない？」

エバンズが尋ねると、ハルは目を見開き、首を横に振った。

「違います！　モリスがラテン語を見てくれるっていうから、だったらお礼に靴を磨きますって、僕が言ったんです！」

「そう？」

エバンズはその言葉が本当かどうか見極めるようにハルの顔をじっと見つめてから、にっこりと微笑んだ。

「うん、それならいいんだ、余計なことを尋いたね。ラテン語、頑張って」

「はい！」

ハルは嬉しそうに頷き、ぺこりと頭を下げて去っていく。

「ごめん」

エバンズがルイスのほうに戻ってきた。

「ちょっと、気になっていたから確認したんだ」

そう言って、また歩き出す。

「ここでは、下級生は上級生の用を、何かと引き替えでやるんですか」

ルイスは思わず尋ねていた。

エバンズがルイスを見て、尋ね返す。

「アームスでは……下級生が使われていただろう？」

ルイスが頷くと、エバンズは小さくため息をついた。

ルイス自身、ヒューバートの保護を得るまで、ベッドメイク、水汲み、靴磨き、他の生徒への伝言の使い走りなど、あらゆることをさせられた。

命令口調で……こちらが何か他の用事をしているときに、それをわざと邪魔するように、そして気に入らなければ何度でも繰り返し、「罰」と称して殴られたりもした。

だがそれが伝統であり、上級生も皆そういう扱いをくぐってきたのだから、と正当化されていたのだ。

「俺は、そういう名門校の伝統がいいことだとは思えなくてね」

エバンズは、ルイスの苦い思いを読み取ったかのように、眉を寄せてそう言った。

「もしかすると、きみの転校も、そういうことが原因なのかな」

ルイスは戸惑い、曖昧に答えた。

「……まあ……そういう感じで……」

「そうか」

エバンズは真面目な顔で頷く。

「ああいう連中は、俺のような庶民育ちとはそもそもの考え方が違うんだろう。大学に行けば彼らともつき合うことになるんだろうが、互いのためになるいいつき合い方を学ばなくてはいけないんだろうな」

後半は独り言のようになる。

ルイスは、エバンズの言葉に驚きを覚えていた。

俺のような庶民育ち、とエバンズは言った。

もちろん庶民と言っても、食うや食わずの貧乏育ちではないだろうが、少なくとも貴族とか、新興の大実業家とか、そういう家の育ちではないということなのか。

堂々としていて、自分に自信がある、余裕と品のある態度はいい意味での「貴族的」な雰囲気だと思えるが、それは育ちのためではなく、エバンズという青年がもともと持っている本質的なものなのだろうか。

理想的な上級生と見えるエバンズの顔が、表裏のない本当の顔なのだとしたら……笑みが似ている、なんていう理由でヒューバートと同じ種類の人間だと思うのは、間違っていることなのだろうか。

ルイスが黙ってそう考えているうちに、本館の玄関に着いた。

「じゃあ、ここで」

エバンズは立ち止まって言った。

「きみとは、もっとちゃんと話をしてみたい。どうかいつでも気軽に、俺の部屋を訪ねてきてくれ」

にこっと笑うと、エバンズの大人びた顔が、少し子どもっぽい親しみやすいものになる。

「はい」

思わずルイスがそう答えると、エバンズは片手を上げ、玄関ホールの奥に向かって歩いていった。

——ちょっと、考え直してもいいのかもしれない。

ルイスはその後ろ姿を見送りながらそう考えた。

もちろん、簡単に相手を信頼して心を許し、傷つくようなことを繰り返すつもりはない。だが、意地の悪い見方を変えてみることは、してもいいのかもしれない。

警戒しすぎて相手の心証を損ねる必要もないだろう。

そんなことを思いながら自習室に入り、人が少ないことにほっとしながら、適当な机で本を広げる。

少しすると、二人の生徒が入ってきて、ルイスの席とは互いに死角になっているあたりに座ったのが気配でわかった。

「——ねえ、いいよね、エバンズ」

そんな声がルイスの耳に入ってきた。

「僕もエバンズの寮に入りたかったな」

「でもまあ、エバンズのおかげで、今はどの寮も雰囲気が似てるらしいよ。監督生の会議みたいなのを、エバンズの提案で定期的にやってるらしいし」

「ちょっと特別な感じがあるよねえ」

話し方の雰囲気からして、年少の生徒たちだろうか。

他の寮の生徒からも慕われている上級生であることは確かなのだ、と思いながらルイスが勉強に戻ろうとしたとき。

「やっぱ貴族は、雰囲気から違うよね」

片方の生徒の声に、ルイスははっとしてまた顔を上げた。

「え、でもエバンズ自身は貴族じゃないんだろ？　伯爵家の関係ってだけで」

「貴族になれるのは貴族の長男だけらしいから、次男以下なんじゃない？　育ちってことでは同じだよ」

「ええ、じゃあなんで、うちみたいな学校にいるの？　それこそアームスあたりに行きそうじゃない」

「この学校の最大の後援者が、その伯爵家なんだって。エバンズにしてみたら、自分ちが後援してる学校だから選んだんじゃない？」

「そうかあ、だったらエバンズの意見が通るのは当然って言えば当然だよね」

「エバンズがいい人でよかった。やな奴だったら、学校の雰囲気もまったく違ったかもしれないもんね」

そのとき、離れた席から「静かに」と声が飛び、生徒たちはぴたりと黙った。

そしてルイスは……机の上で拳を握り締めていた。

エバンズは、伯爵家の出身。

ヒューバートと同じ。

ヒューバートは長男で、自分も子爵の称号を持っていたが、エバンズは次男以下なので、将来的にも貴族を名乗れるわけではない。

違いはあるが……

庶民育ち、などではない。

嘘つき。

エバンズは僕に嘘をついたのだ。

ルイスは、うっかり抱きかけていたエバンズへの好感が、すうっと冷めていくのを感じていた。

どうしてそんな嘘をついたのか。

もしかしたら……監督生の立場で、ルイスの育ちに関する何かを知っていて、それで自分も庶民育ちだと偽って、ルイスの心を開かせようとでもしたのだろうか?

なんのために？

人望厚い監督生という立場を貫き、なかなか馴染もうとしない編入生を手懐けるため？

くそ、また、騙されるところだった。

ルイスは唇を噛み締めた。

同じ過ちは繰り返すまいと思っていたのに。

いや……繰り返さずに済んだのだ。生徒の噂話のおかげで、深入りする前に、エバンズの嘘に気づけたのだから。


その日、夕食の席で、黙って食事をしていたルイスがふと顔を上げると、エバンズと目が合った。

にっこり笑って頷いたエバンズからルイスは無表情のまま目をそらし——

それから何度か、エバンズが話しかけてきたのを、下級生としての礼儀はきちんと保ったまま「急いでいますので」と躱しているうちに、エバンズも話しかけてこようとはしなくなり……

そのまま学校は、冬期の休暇に入った。

前の学校では、休暇は寮に居残ることができた。

帰るところといっては叔父の家しかないルイスはずっと居残り組だったのだが、今度の学校は残ることができない。

授業がなくなったあと数日間は寮にいることができるし、早めに帰ってくることもできるが、クリスマスと新年は寮にはいられず、家で過ごさなければいけない方針だ。

叔父もそれは知っていたようで、「休暇は帰るように」という手紙が来て、冷たい風が吹くその日、ルイスは叔父の家に「帰った」。

叔父の家はロンドン郊外の新興住宅街だ。

鉄道で市内に通う人々のための、一軒の家が真ん中で左右二世帯に分かれる同じような造りの家が並ぶ中に、広い庭のある二階建てや三階建ての新しい石造りの邸宅が点在している、その中の一軒が叔父の家だった。

市内の高級テラスハウスではなく、郊外のこういう家を選ぶのは新興の成金が多く、叔父はまさにその典型だ。

もちろん、若くして単身南米に渡り、綿花貿易からはじめて、一代で、叩き上げで大きな繊維会社を所有するようになったのは、褒められるべきことだ。

そして、四十を過ぎても跡継ぎに恵まれず、疎遠になっていた親族を探してルイスを相続人に指定してくれたのも、感謝すべきことだ。

食べるのに困らない生活をし、大学まで行かせてもらう予定なのだから、叔父を批判するのは恩知らずというものだ。

郊外の駅から馬車を使うような距離でもなく徒歩で家に着き、鉄製の門を押し開けて敷地に入ると、車寄せになった前庭の向こうにどっしりとした三階建ての建物がある。

玄関に辿り着く前に、窓からルイスの姿に気づいたらしい若い客間女中が内側から扉を開け「お帰りなさいませ」と出迎えた。

かんしゃく持ちの叔父に耐えきれず、この家はしょっちゅう使用人が替わるが、この客間女中は長持ちしているほうらしく、ルイスも見覚えている。

「旦那さまが書斎でお待ちです」

客間女中はそう言って、ルイスの手から荷物の入ったバッグを受け取る。

ルイスは頷き、一瞬「ありがとう」と言いそうになったのを、急いで呑み込んだ。

使用人にうかつに声をかけたりすると、叔父に怒られる。

叔父自身が使用人に何か言うのは、たいてい文句か叱責だ。

ルイスはせめて、相手が辛い思いをするような言葉だけはかけまいとしているが、その結果ただただ無口になってしまっている。

そのままルイスは二階に上がり、叔父の書斎の扉をノックした。

「入れ」

唸(うな)るような声が聞こえ、ルイスは扉を開け、部屋に入る。

部屋全体が威圧的な雰囲気で、高い天井に濃い色の、重たい生地のカーテン、木目の床の上には暗い色の絨毯(じゅうたん)が敷かれている。

壁の一面は天井まである本棚で、金文字で叔父のイニシャルを入れた装丁をほどこした、しかし読んだ形跡のない本がずらりと並んでいる。

そして、大きな書斎机の向こうに、叔父が座っていた。

どっしりとした体格で腹が出ており、頭髪は薄いが、顔の両脇を黒々としたもみあげが縁取り、そこから繋(つな)がった口髭の端を捻(ひね)り上げている。

そして、気難しく寄せた眉とへの字に引き結んだ唇。

この人が父の弟だというのが、ルイスにはいまだに信じられない。

父は痩せた、口数は少ないが温厚な人だった。

「こっちへ」

扉を背に立っているルイスに、叔父が唸るように命じる。

ルイスは黙って机の前まで進んだ。

叔父は無遠慮な視線でルイスをじろじろと眺め渡す。

「背は、伸びないな」

まるでそれが、ルイスの努力不足だと言いたげな口調。

「新しい学校はどうだ。苦労して押し込んだアームスから追い出された恥を繰り返すようなことはないだろうな」

編入が冬期休暇の半月ほど前だったので、「どう」と言われるほど過ごしてはいないが、新しい学校も決して居心地のいい場所とは言えないことはすでにわかっている。

だが叔父にそんなことはもちろん言えない。

「大丈夫だと思います」

そう答えるしかない。

「誰か、これという知り合いはできたのか」

叔父にとって一番重要なのは、それだ。

ルイスが勉強ができることは叔父にもわかっていて、それがルイスを相続人に指定した理由でもある。

だがルイスを寄宿学校に入れたのは、学業だけではなく、将来叔父の会社を継いだときに有益な、人脈作りのためだ。

休暇に、ヒューバートの家に招かれたことを手紙で知らせたとき、叔父の返事は「よくやった」というものだった。

アームスから転校を勧められたときも、叔父が一番怒ったのは、ヒューバートとの関係をふいにしたことだった。

だが、ヒューバートの家は政治には積極的ではない貴族だった。

叔父が求めているのは、実業家、政治家など、事業に有益なバックボーンを持っている生徒との親交で、その意味ではスループリーのほうが有望らしい。

「……まだ、よくわかりません」

ルイスはなんとかそう答えた。

叔父は舌打ちする。

「まったくお前には、気概というものがない。お前を選んだのは失敗だったかもしれん」

それは叔父の常套句(じょうとうく)で、それがルイスに対する脅しになっている。

だが実際のところ、叔父には他に選択肢がない。

叔父と父は疎遠ではあったが二人きりのきょうだいで、叔父には妻もなく、ルイスのきょうだい以外に事業や財産を譲る相手はいないのだ。

それでもルイスはそういう事情が自分の立場を有利にするとも思っていないし、そもそも本当に叔父の後継者になりたいのかどうかすらわかっていない。

ただ……飢えずに済み、勉強して大学まで行かせてもらえる……そして、自分がいなくなって食い扶持(ぶち)が減ることで、家族の負担がわずかに軽くなる。

そう考えた結果、今こうして、叔父の前に立っているのだ。

「まあいい、学校のほうはとにかく、うまくやれ」

叔父は口調を変えた。

「とりあえず、この休暇中は、お前をあちこちに連れていくからな。会社の連中に紹介をするのと、工場の視察、あとは社交だ」

「社交、ですか」

一瞬ルイスは驚いたが、次の瞬間、それもやはり「事業のための伝手や人脈作り」のためだと納得する。

そういう席にルイスを連れていって、後継者として紹介したいのだろう。

ルイスにとっては苦痛な場となることは目に見えているが、これはこれで自分の義務だ。

「いくつか、あまりお高くとまっていないサロンに渡りをつけてある。お前がもうちょっと見栄えがすればいいんだが、まあ少なくとも、言葉遣いや礼儀作法はなんとかなっているようだからな」

それは叔父にしてみれば褒め言葉なのだろう。

そしてルイスがなんとか身につけた、ちゃんとした言葉遣いや礼儀作法は、もとはといえばヒューバートを真似たものだ、とかすかな苦みとともに思う。

「用はそれだけだ」

叔父が会見の終了を告げたので、ルイスは「失礼します」と言って、叔父の書斎を出た。

冬のロンドンは社交シーズンだ。

いきなり市中の人口が増えたように見え、上は王宮から下は中流階級の郊外の屋敷まで、あらゆる場所で人々が互いに招き合っている。

ルイスが育ったロンドンの下町ではそんな余裕はなかったが、街がクリスマスの飾りに彩られ、買い物をする人々で活気づく様子は、縁のない世界のものとして知ってはいた。

その自分が、叔父につき従い、馬車で他人の屋敷に乗りつけ、燕尾服の男たちと着飾った女たちの中に入っていくというのは、どうにも現実感がない。

叔父はいくつかのサロンにルイスを連れていき、「跡取りの甥」として紹介して回った。

たいていは同じような新興の実業家の家だったが、ある日連れていかれたのは、ロンドンでもう二十年も前から評判のよいサロンを開いているという家だった。

叔父も直接の知り合いではなく、知人を通じて招待を取りつけたらしい。

「今日の、レイモンド夫人のところは、貴族も来るような夜会だ。知り合いは少ないが、知り合いを作るために行くんだ。お前だって、私の跡を継いだらそういう人脈作りは自分でやらなければいけないんだからな」

叔父はそう言うが、ルイスには、叔父のようにしたたかにぐいぐいと、知らない人の中に入り込んでいけるような気はしない。

　実際、どこの夜会でも、叔父が歓迎されているという感じはあまりなく、大声で無遠慮に話し、女性に対しつけ焼き刃のお世辞を言う叔父のことを少し離れたところで笑っている人々の顔も見え、その叔父に「跡取りの甥です」と紹介された相手が、自分のことも笑っているのではないかといたたまれない。

　だが……叔父の相続人である以上、これは通らなければいけない道なのだ。

　今日行く場所が「貴族も来るような」ということは、富裕中流階級といわゆる上流階級が入り交じるような場所なのだろう。

　なんとか気持ちを引き締めると、やがて馬車はロンドンの高級住宅街にある邸宅の前に着いた。

「こういう場所は、気取った連中はなるべく遅く着いて注目を集めたがるものだが、早めに着いてなるべく多くの相手と話す時間を取るのが悧巧なやり方だ」

　叔父がそういう主義なので、二人がホールに招き入れられたのは、まだほとんど招待客がいないタイミングだった。

「バーネットさん、ボウルズさんから伺っていますわ」

　にこやかな笑顔で出迎えてくれたのは、優しげで品のある、中年の女性だった。

「レイモンドの奥さま、ボウルズ氏の紹介で、厚かましくも伺いました。こちらに伺うのは大変な名誉です、これからよろしくおつき合いください」

叔父は大げさな口調でそう言ってから、一歩下がっていたルイスを振り返る。

「これは、跡取りの甥のルイスです。まだ学生ですが、こういう場所を経験させておきたくて、この冬はあちこちにお邪魔しております」

「……お初にお目にかかります」

もう何度目かのことなので、ルイスもなんとかそう言って頭を下げる。

「お若い方には、いろいろな経験が必要でしょう」

レイモンド夫人は温かな声音でそう言って微笑みかける。

「あとで、年の近い人を紹介して差し上げましょう。どうぞ楽しんでいらしてね」

こんなに優しい対応をされたのははじめてで、ルイスは思わず顔を赤らめた。

「あ……ありがとうございます」

なんとかそう言ったとき、別の客がホールに入ってきた。

「失礼しますわ、後ほど」

レイモンド夫人はそう言ってその場を離れた。

やがて人が増えてきて、叔父は誰彼構わず自己紹介しては、自分の会社の製品について語ろうとしている。

叔父の会社で作っているのは安価の綿プリント地で、こういう場所に来る人が使うようなものではないのだが、クリスマスなどに使用人に服地を送る習慣があるのでそういう用途に売り込もうとしているようだ。

ルイスはただ、顔になんとか笑みを貼りつけながら、叔父の話し相手が迷惑そうにその場を離れるタイミングを窺って いる様子に、冷や汗をかいていた。

レイモンド夫人は客をもてなすのに忙しく、ルイスに誰か紹介してくれると言ったのも、あの場限りのお愛想だったのだろうと思い始めたとき——

一人の若者が、レイモンド夫人に歩み寄るのが見えた。

夫人も満面の笑みでその若者を見つめる。

黒い髪をきちんと撫でつけた、背が高く身のこなしに隙のない、人目を惹く姿に、ルイスははっとした。

——エバンズだ……！

燕尾服を着ていると学校の制服よりもずっと大人びて見えるが、間違いなくエバンズだ。

これまで連れていかれた場所では知り合いには会わなかったので油断していたのだが、貴族も来るような夜会、という場所でエバンズに出くわすとは。

なんとか顔を合わせないように……と思った瞬間、レイモンド夫人がホールの中を見渡してルイスを見つけ、エバンズに向かって笑顔で何か言った。

エバンズがこちらを向き——視線が、合う。

ルイスを認め、驚いたようにちょっと眉を上げたのがわかった。

レイモンド夫人がそのエバンズを従えて、辷るような優雅な動きでホールを横切り、こちらに近寄ってくる。

逃げ出すような失礼な真似はできるはずもなく、ルイスはその場に突っ立っているしかない。

「あなたに紹介しようと思っていた人がやっと来たわ」

レイモンド夫人がそう言ってエバンズを振り向くと、エバンズがルイスに向かって微笑んだ。

「やあ、バーネット。こんなところで会えるとは」

「あら、知り合いなの？」

レイモンド夫人が驚いたようにエバンズとルイスを交互に見る。

「学校の後輩なんですよ」

エバンズがそう言うと、レイモンド夫人は楽しそうに笑った。

「あのおちびさんが、もういっぱしの最上級生なんですものね、時が経つのは早いものだわ、私も年を取るはずね」

「奥さまは、はじめてお会いしたころからまったくお変わりないですよ」

エバンズがにこやかに応じる。

ああ、エバンズはこういう世界の人なのだ、とルイスは思った。

伯爵家の関係者だと聞いたし、今のやりとりだと、幼いころからレイモンド夫人と親しいつき合いがあるらしい。

「じゃあこのお若いバーネットさんのことは、あなたにお任せしてもいい？　持って帰ってほしいものを用意させているので、それまではいてちょうだいね」

「お言葉のままに」

レイモンド夫人の言葉に、エバンズが慇懃に頭を下げ、夫人はかろやかに笑ってその場を離れていく。

「おい、ルイス、こちらは」

叔父の声に、ルイスははっとして傍らにいた叔父を見た。

「あ、あの……学校の先輩の……」

「エバンズです」

エバンズが、大人びた落ち着いた様子で叔父に挨拶する。

「ほう、エバンズさん、ルイスが面倒をかけていませんかな。失礼だがどちらのエバンズさんなのかな」

叔父がエバンズのバックボーンに露骨に興味を示したが、ルイスは叔父に、エバンズが伯爵家の係累であることを知られたくない、と感じた。

エバンズと親しいわけでもないのに、叔父が関係を利用しようとしているのがいやだし、エバンズにも、そんな叔父の下心を知られたくない。

「今日は、ご家族は、お父上はどちらに——」

「今日は一人で参りました、家族は来ておりません」

　叔父の問いを、エバンズはやんわりと、しかし断固としたものを秘めた口調で遮った。

「よろしければ、彼をお借りしたいのですか」

ルイスを見てそう言う。

叔父は一瞬戸惑った様子で、しかしエバンズの親しげな様子に何かを感じたのか、頷いた。

「もちろん、どうぞ、お知り合いに紹介してやってください」

そしてルイスに「うまくやるんだぞ」と囁(ささや)く。

ルイスはいたたまれない気持ちになりながら、このまま叔父と一緒にいるのと、エバンズと一緒にいるのと、どちらがより気まずくないのだろう、などと考えていたが、叔父が誰かを見つけてその場を離れたので、自然とエバンズと二人、取り残された。

「余計なことをしたかな」

エバンズがそう言ったので、ルイスははっとして彼を見た。

エバンズは、揶揄するような様子ではなく、真面目な顔でルイスを見ている。

もしかするとエバンズは、叔父の脇でルイスが気まずそうにしているのに気づいて、少しの時間離れられるようにしてくれたのだろうか。

　そして、確かにこれで一息つける、助かった、という思いはある。

「きみの名前は、ルイスというんだね？」

　エバンズは飲み物を載せた盆を持って客の中を泳ぐように歩いている使用人から、スマートな仕草でグラスをふたつ受け取りながら尋ねた。

　ルイスはどうやって捕まえたり呼び止めたりすればいいのかわからず、これまで行った夜会でも、水一滴飲むことができなかったのだ。

　ひとつをルイスに差し出す。

　そのエバンズの慣れた様子に、ルイスは苛立ちを覚えたがなんとか抑え込み、グラスを受け取りながら頷いた。

「ええ」

　学校では誰も彼も名字で呼び合うから、ファーストネームを意識することはほとんどない。

「あの人は叔父さん？」

　エバンズが続けて尋ね、ルイスはまた頷く。

「ええ……後見人です」

「じゃあ、俺と境遇が似ているのかな」

エバンズは悪気のない調子で言った。

「俺も、親はいなくて後見人の世話になっているんだ。後見人はこういう席が苦手でね、でもレイモンド夫人にはいろいろと世話になっているから、招待を受けると最近は俺が名代で出席しているんだ」

その言葉に、ルイスは反感を覚えた。

境遇が似ている？

ロンドンの一等地に豪壮な屋敷を構え、こんな夜会を催すような人と親しい後見人を持つエバンズと？

とんでもない。

そもそも、「庶民育ち」という言葉だって嘘だった。

後見人というのが祖父だか伯父だか知らないが、それがつまり貴族……伯爵家、ということなのだろう。

それなのにどうしてエバンズは、自分とルイスの間に何か共通点があるような物言いをするのだろう。

ルイスは唇を噛み締め——そして、エバンズを見上げると、はっきりと言った。

「僕は、あなたとは違う。まったく、似てなんかいない」

エバンズが驚いたように眉を上げるのを見ながら、ルイスは言葉を続けた。

「そもそも僕は……僕には、親はいます。母が生きている」

どうしてそんな言葉が出たのか。

自分たちは違う、ということを強調するのに、どうしてよりによって母の存在が口から飛び出したのか。

エバンズの瞳がかすかに曇ったのに気づいて、ルイスははっとした。

──これは、間違っていた。

エバンズがどういうふうに親を失ったのか、いや「どういうふうに」などというのは関係ない、あなたには母親がいないだろう、自分にはまだいる、などと勝ち誇るのは人として間違っていることだ。

自分はなんといやな人間なのだろう。

「ご、ごめんなさ──」

慌てて謝ろうとしたルイスに、

「いや」

エバンズは真面目な顔で首を振った。

「確かに……それは、大事な違いだ。お母さんがいる、それは本当に素晴らしいことだ」

淡々とした口調がかえって、エバンズが心の奥に何かを封じ込めているのを感じさせる。

どうしよう。

エバンズを傷つけてしまった。

そのとき……

「ルイス！」

叔父がルイスを呼んだのが聞こえ、ルイスははっとして振り向いた。

誰かにルイスを紹介したいらしく、大きく手招きをしている。

「行ったほうがよさそうだね」

エバンズは静かに言い……彼自身も視界の隅に誰か知り合いを捉えたらしく、そちらに向かって笑みを作る。

あの、人当たりがよく、親しみやすそうで、それでいて毅然とした笑み、ヒューバートとよく似たあの笑みを。

だが今エバンズがその笑みを浮かべた瞬間、ルイスには、それが自分に対する拒絶のように感じた。

「……失礼します」

そう言って頭を下げ、エバンズの側を離れて叔父のほうに向かいながら、ルイスの胸には苦いものが広がっていた。

その夜、ルイスはいつも以上にへとへとになって、そして自己嫌悪でいっぱいになって、ベッドに倒れ込んだ。

あれからエバンズはすぐに姿を消してしまい、もう一度落ち着いて謝る隙もなかった。

叔父にはエバンズがどういう家の人間なのか根掘り葉掘り尋かれ、よくは知らないのだと言うと、ではよく知り合え、と命じられた。

だがそんなことはできない。

もともとエバンズが親しくなろうというそぶりを見せてもルイスのほうが拒んでいたのに、あんなふうにエバンズを傷つけるようなことを言ってしまったのだから、エバンズももうこれまでのようにルイスに話しかけてなどこないだろう。

親を亡くした人に「僕には母がいるからあなたとは違う」なんて。

自分が誰かに「僕には父がいるからきみとは違う」と言われたらどんな気持ちになるか考えれば、なんということを言ってしまったのか、よくわかる。

痩せて、病がちで、しかし穏やかで優しかった父。

下町の小さな教会をいくつもかけ持ちし、貧しい人々に手を差し伸べ続け、そしてどこかでもらってきた流行り病で逝ってしまった父。

あのときの自分の悲しみ、母やきょうだいたちの悲しみ、喪失感は言葉にできない。

そしてそのあと、家族が落ち込んだ貧しい生活のことも。

父がいたときも、牧師の給料は決して高くはなかったから、生活はかつかつだった。

それでも、飢えるようなことはなかったし、きょうだいは全員学校に通い、勉強が好きだったルイスは父からもいろいろなことを教わった。

だが父がいなくなると、母の細腕に生活のすべてがのしかかり……母は洗濯婦や雑役婦の仕事につき、一番上の姉も十四歳で働きに出るようになり、次の姉もすぐに続いた。

父を失った悲しみや喪失感に浸る時間すらなかった。

その母は、姉たちや弟たちは、今どうしているだろう。

上の弟は間もなく十三になるはずで、もしかしたらもう働きに出ているかもしれない。

自分という食い扶持が減り、働き手が増えて、少しは楽な暮らしになっているだろうか。

だが、働きづめの苦しい生活であることには変わりないはずだ。

それなのに自分は一人、食べるのに困らない生活をし、学校に行き、今夜のような、きらびやかな夜会に出席すらしている。

そして今もこうやって、ぬくぬくと温かい羽根布団に包まれている。

後ろめたさが全身に覆い被(かぶ)さってきたように感じ、ルイスは思わず呻(うめ)いた。

そうだ、常に感じている、自分だけがこんな生活をしている後ろめたさを。

叔父を好きにはなれないし、叔父から求められるさまざまなことに応える自信が持てないことも辛いが、そんなのは、あの貧しい生活に比べればなんでもないことだ。

アームスでの生活が辛かったのも、あくまでも精神的な問題であって、あの貧しい生活を思えば耐えられたし、耐えなければいけなかったはずなのに……頻繁に熱を出すようになり、痩せ細り、しまいには何か話そうとしてもうまく言葉が出てこなくなって、とうとう退学を仄めかされ……激怒した叔父によって転校させられた。

情けない。

そんなことを考えながらベッドの中で煩悶しているうちに、なんだか胸がむかむかしてきて、寒気がして、次第に気が遠くなり――

熱を出した。

誰かが部屋の中にいる気配に目を覚ますと、医者や看護婦らしい姿があり、額には冷たい布が乗せられていたのだ。

「目を覚ましたね」

口髭を生やした医者が言った。

「きみはよく熱を出すようだね。なに、大きな病気じゃないから、二、三日寝ていればよくなるよ」

「まったく」

忌々しげな声がして、叔父も部屋にいるのだとわかった。

「父親に似たのだ。身体が弱かったのを受け継いだのだな。先生、どうすれば頑丈な男になりますかな」

「新鮮な空気をたくさん吸って、運動をして、鍛えていくしかないですな。とりあえず、滋養のあるスープのレシピと、女手が足りないようでしたら看護婦を一人置いていきましょうか？」

「いやいや、そんな費用をかけるほどの重病じゃあるまいし」

話しながら、叔父と医者は部屋を出ていく。

叔父は一代で相当な財産を築いたはずで、家も立派なものだが、使用人にかかる費用などは惜しんで切り詰めている。

執事や従僕を置かず、来客に接する場所には装飾的なエプロンをした客間女中を配しているのも、そのほうが給料が安く済むからだ。

だがそれは叔父だけではなく、新興の実業家の間で流行り始めていることのようで、それが貴族とは違う価値観なのだろう。

そして今のルイスには、誰か知らない人がつき添って世話を焼いてくれるよりも、部屋係の女中が時折食べ物や飲み物を持ってきてくれるくらいのほうがありがたい。

ベッドの中でぼんやりと過ごしながら、ルイスは父のことを思い出していた。

記憶にある父は、確かに身体が丈夫ではなかった。

よく熱を出しながら、それでも毛布にくるまって夜遅くまで何か、読んだり書いたりしていたのを思い出す。

母が滋養のあるスープを作って父に飲ませようとしても、「これは子どもたちに」と言って自分はただの湯を飲んで耐えているような父だった。

そしてルイス自身も、幼いころからよく熱を出していた。

父と同時に熱を出したとき、父が自分を膝に抱っこしたまま毛布にくるまって、「熱がある者同士で暖を取っているんだ」と母に笑って見せていたことを、ふと思い出す。

——母に会いたい。

ふいに、息苦しいほどの切なさで、ルイスは思った。

叔父の相続人と決まったとき、家族とは連絡を取らないことを条件にされた。

叔父にしてみたら、後継者は欲しいが貧乏な親戚が増えるのはごめんだったのだろう。

そして母や姉たちも、自分たちは今までと同じように暮らしていくだけ、叔父さまの言う通りにしなさい、と強く勧め……

それでもルイスは、家族との今生の別れになるとまでは思っていなかった。

どこかで、叔父の意思を甘く見ていたのかもしれない。

もしかして、叔父がルイスに好感を持ち、次第に心が通じれば、家族と会うことなども考え直してくれるかもしれない、と。

だが、叔父に好感を持ってもらうどころか、アームスにいられなくなったことや、こんなふうに熱を出して寝込むことで、叔父のルイスに対する不満は増すばかりだ。

家族に会いたいなどと言い出せる状態ではない。

それでも……会いたい。

寝込んでいる間、ルイスはずっと、母の顔を思い浮かべ、そしてついに決心した。

叔父に黙って会いに行こう。

いや、会わなくてもいい、ただ……こっそりと、様子を見に行くだけなら、叔父の言いつけに背いたことにはならないだろう。

どうしているか、元気でいるのか、何か困ったことはないか、知りたい。

ただ、それだけだ。

叔父が朝から留守にしたある日、ルイスは部屋係の女中が置いていった朝食を食べると、ベッドから出た。

まだ少し足元がふらつく感じはするが、熱は下がっている。

外に出るのに何を着ていけばいいのか少し迷い……学校の制服にした。

叔父がルイスに与えてくれているのは、家で過ごすための服以外は、改まった場所に連れていくためのものばかりだからだ。

さいわいアームスの燕尾服と違い、今の学校の制服は紺のラウンジスーツに平たい麦わら帽なので、この格好で昼間の街に出てもそれほど違和感はないだろう。

これもやはり制服の、毛織りのコートを羽織り、客間女中に「少し出てきます」とだけ告げて、ルイスは叔父の家を出た。

叔父から「何かあったときのため」と渡されていた少額の小遣いを持っていたので、市内まで鉄道に乗る。

キングスクロスの駅に降り立つと、ルイスは徒歩で、家族で暮らしていた下町へと向かった。

寝込んでいる間にクリスマスは終わり、街は新年を待ち受けている。

下町が近づくと、次第に胸が高鳴ってくる。

そう、自分はここで育ったのだ。

石畳の道は幅が狭くなり、小さな建物がひしめき合う。

道行く人の服装も、くたびれてくすんだ雰囲気になり、耳に入る人々の言葉遣いさえ違ってくる。

家族で住んでいたのは、このあたりによくある集合住宅だった。

一つの建物に四軒が入っており、一軒はそれぞれ、一階に一間ずつの三階建てだ。

一階は土間、狭い階段を上がって二階に一部屋、三階に一部屋。

そういう家を大家から借りた間借り人が、さらに又貸しし、たいていは一部屋に一家族が入っている。

ルイスの家族が父を失ってから移り住んだのは、そういう又貸しの、三階の一部屋だったのだ。

建物の裏手に共用の洗い場があり、井戸はこのあたりの数十家族が共同で使っている。

冬の寒い朝、木桶を持って三階から下り、井戸で順番を待って水を汲み、そして重い木桶を持って、また三階まで上る。

その寒さ、手の冷たさ、桶の重さは今でも忘れられない。

自分がいなくなってからは、上の弟があの仕事をやっているのだろうか。

一番小さかった下の弟も、もうじき九歳になるはずで、母の手助けができるくらいに大きくなっているだろう。

みんな、元気だろうか。

自分が住んでいたまさにその建物が見えたあたりで小走りになりそうになって、ルイスははたと気づいて立ち止まった。

このまま家に駆け込んでしまうところだったが……本当はただ、様子を窺うだけのつもりだったのだ。

でもここまで来てしまったら、一目でいい、母の顔を見ないでは帰れない。

だがその前に、家族の様子を誰かに聞けるだろうか。

そう思ったとき、ルイスが住んでいた建物から、七、八歳くらいの少年が走り出てきた。

見知らぬ顔だ。

二階にはそもそもの間借り人の老夫婦、一階にはルイスの家族と同じ又貸りの中年男が住んでいたはずだが、あの子はどこの子だろう。

その子がルイスの横を駆け抜けざまにちらりとこちらを訝しげに見たので、ルイスは思わず声をかけた。

「あの」

子どもは立ち止まってルイスを見上げる。

「あの……きみが今出てきた家……バーネットという家族が住んでいる？」

ルイスがなんとか言葉を探し、そう尋ねると……子どもは、首を傾げた。

「バーネット？」

「あの家の三階に住んでいるはずなんだけど……牧師の未亡人と、息子が……たぶん二人」

「知らねえな」

子どもは下町の荒っぽい言葉でそう言った。

知らない……どういうことだろう。

「あの、きみが住んでいるのは何階？」

「三階だよ。俺と、父ちゃんと母ちゃんと、まだ赤ん坊の妹」

どういうことだろう。

ルイスの家族が住んでいたはずの部屋に、別の家族が住んでいる。

「い……いつから……？」

ルイスの声が震えた。

「覚えてねえ、俺がちっちゃいころだ」

ルイスが叔父の相続人となってここを出たのが、四年近く前。

この子が小さいころというなら……四年前なら三、四歳、だろうか。

まさか、ルイスが出ていってすぐ、家族は転居してしまったのだろうか。

ルイスは呆然（ぼうぜん）とし、それから、子どもが何か焦（じ）れるような顔でこちらを見上げているのに気づいてはっとした。

慌ててポケットを探り、一ペニーを引っ張り出す。

ものを尋ねたら礼をする。こういう小銭が、この子の家族にとっては日々の助けになるのだ。

ルイス自身、道案内の報酬としてもらう小銭がどれだけ嬉しかっただろう。

そして、投げ出すように与えられるのではなく、優しい礼の言葉とともにもらえる小銭は、特別なものという気がしていた。

「あ、ありがとう」

差し出された掌にそっと銅貨を乗せてそう言うと、子どもはにかっと笑った。

「こっちこそ、ありがと」

そう言ってまた、駆け出していく。

そしてルイスは、鼓動がいやな感じに速まるのを感じながら、あたりを見回した。

先ほどから、大人たちもちらちらと自分のほうを見ているのがわかる。

その中に、ルイスは知っている顔を見つけた気がした。

「あの……マギーおばさん⁉」

ルイスが住んでいたのとは違う建物から顔を覗かせていた老婆に思わずそう声をかけると、相手はぎくりとしたように顔を引っ込めかけ、それからゆっくりと、道に出てきた。

「……どこかでお会いしましたかね、坊ちゃん」

間違いない。

よく井戸で一緒になって、足が悪いのに二階に住んでいるので、何度か水桶を持っていってあげたことがあり、孫の古い靴を弟にくれたこともあるおばあさんだ。

「バーネット家の……ルイスです」

ルイスがそう言うと、マギーおばさんは一瞬記憶を探るような顔になり……それから目を剝いた。

「ルイス！　金持ちの叔父さんのところにもらわれていった子だね！」

そう言って、ルイスの服装を……頭に乗っている帽子から、外套、ズボン、靴までを眺め渡す。

「まあ、立派になって！　すっかりお坊ちゃんだね！　言われないとわからないよ！」

そう言われることがなんだか居心地悪く、ルイスがどうやって家族のことを尋ねこうかと思っていると、

「で、どうしてまた、こんなとこに。あんたの家族は引っ越しただろう」

マギーおばさんのほうからそう言ってくれた。

「引っ越した？　いつですか？　どこへ？」

「知らなかったのかい？」

マギーおばさんは目を丸くする。

「あんたが出てってすぐだよ。どこに引っ越したのかは、さあねえ、誰も聞いていないいんじゃないかな。叔父さんからまとまった金でももらったのかと思ったけど、どうもそういう感じじゃなかったしねえ」

ルイスは絶句した。

自分がここを出ていってすぐ、家族は引っ越してしまった。

どこへ。どうして。

「僕……僕……母に、家族に、会いたくて」

「おやまあ」

マギーおばさんは気の毒そうな顔になり、通りかかった別の女性に声をかけた。

「ちょっと、あんた」

立ち止まったのは、ルイスには見覚えのない人だ。

「前にここにいた、バーネット一家がどこに行ったか知ってるかい？　ほら、牧師の未亡人のさ」

「ああ」

女性は腕組みして首を傾げた。

「確か、息子が一人金持ちの叔父さんにもらわれてって、上の娘二人は遠くに働きに出て、下の息子を二人連れて引っ越したんじゃなかったかね、よく知らないけど、楽園通りのほうとか言ってた気がするよ」

ぺらぺらとそう言ってから、「ちょっと用があるから」と立ち去っていく。

マギーおばさんはルイスを見た。

「あの人がそれしか知らないなら、誰も知らないね」

いわゆる近所の情報通、ということなのだろう。

だが、手がかりがひとつ。

楽園通りのほう。

ルイスも行ったことはないが、なんとなく方角はわかる。

「じゅうぶんです。助かりました、ありがとう」

そう言ってから、ルイスはちょっと迷った。

こういうとき……相手が年長者でも、小銭を渡すべきなのだろうか。

だがそれは……なんだか、失礼なことのような気もする。

ルイスの逡巡(しゅんじゅん)を見て取ったのか、マギーおばさんは顔をくしゃっと笑顔にして、ルイスの手を取り、甲を優しく叩いた。

「あんたはいい子だったからね、幸せになれるよ。神さまが見ていてくださるからね、おっかさんと会えるといいね」

ルイスの胸に、じわ、と熱いものが広がった。

鼻の中がつんとする。

「さあ、お行き」

マギーおばさんはそう言って頷き、ルイスは頭を下げ、歩き出した。


楽園通りというのは、その名前とは裏腹に、あまり治安のよくない地区だ。

大人の足なら歩いて二十分ほどの距離だが、子どものころも、あまり近寄らないように、と言われていた。

ルイスが住んでいたのは、貧しくはあっても日々の仕事がなんとかあり、真面目に暮らしている人々が多かったが、楽園通りから一本向こうに行くと、そこは完全なスラムとなり、いわゆる「まっとうでない」仕事に手を染める者が集まっている。

子どもが迷い込むと、身ぐるみはがされるくらいならまだいいほうで、どこかに売り飛ばされてしまう場合もあり、そうやって戻ってこなかった子どもが何人もいると聞かされていた。

当然、その楽園通りを奥に進むにつれ、通りの雰囲気も悪くなっていく。

母はどうしてそんな方向に引っ越したのだろう。

考えられるとすれば、より家賃が安い部屋を求めて、ということになるだろうが……姉たちが遠くに働きに出たということならば、仕送りもあるのではないかと思うのに。

何かあったのだろうか……これまでの家賃すら払えなくなるような、何かが。

不安を募らせながら、ルイスはうろ覚えの道を歩いていったのだが……ふと、周囲の異様な気配に気づいた。

音が、しない。

どんな通りでも、昼間には昼間の、夜には夜の生活音というものがあり、人が歩いていたり、家の中から声が聞こえたりするものだ。

しかし今、ルイスの周囲はぴたりと物音が消えたような気配だ。

はっとして立ち止まり、周囲を見回す。

通りは狭く、足元の石畳はところどころはがれ、ぐじゅぐじゅとした、湿った土がむき出しになっている。

壁が崩れかけたような建物が隙間なくびっしりと並んでおり、饐えたようなにおいも漂っている。

いやな静けさだが人の気配はあって、壁に寄りかかる男、ぼろきれのようなものを被って座り込む女などが、押し黙ってこちらを窺っている。

どこかで、道を間違えたのだ。

楽園通りを越えて、スラムに入ってしまったのだ。

これは……まずい。

ルイスはここに入り込んだ、異質な存在なのだ。

背中にじわりと汗が滲み、ルイスはゆっくりと身体の向きを変えた。

本能的に走ってはいけないと思い、早足にならないように自分を抑えながら来た道を引き返そうとする。

だが、思いの外に狭い路地が入り組んでいて、どれが「来た道」なのか自信がない。

意図的に角を曲がった記憶はないので、真っ直ぐに見える道を選んだら急に直角に曲がっていて、その先に男が二人、道を塞ぐように立っており、ルイスはもう一度向きを変えて戻ろうとした。

そのとき、

「待て、この野郎！」

前方から大きな声がしたのと同時に、建物と建物の狭い隙間から、一人の子どもが飛び出してきた。
三、四歳くらいに見える、男の子だ。
両腕に何かをしっかりと抱いた、もじゃもじゃの髪のその子は、ルイスの目の前で石畳の段差に足を取られて転んだ。

「あ！」

ルイスは思わず声をあげ、屈み込んだ。

「大丈夫？」

子どもを抱き起こし、その子が手にしっかりと抱えているのがパンの塊だと気づく。

転んだときに、顔や服と一緒に、そのパンも泥で汚れてしまっている。

そのとき、子どもが出てきたのと同じ建物の隙間から、身を捩るようにして二人の男が出てきた。

ルイスと年はそう変わらない感じの、身体に合わない寄せ集めの古着を着た、少年たちだ。

「いたぞ！」

その声に、子どもが怯えた目をしてルイスにしがみつく。

ルイスははっとしてその子を抱き締め、立ち上がった。

「おい、こいつはなんだ」

少年たちが怪訝そうにルイスを見る。

「そいつの知り合いかい？　そうでないなら手を出さずに、ガキをこっちに寄越しな」

「もちろん、パンも一緒にな」

目的は、子どもが抱えたパンだ。

「これは、彼らのパン？」

腕の中の子どもにルイスが尋ねると、子どもは唇を噛み締め、首を横に振る。

ということは、この子が手に入れたパンを、年上の少年たちが奪おうとしているのだ。

「このパンがこの子のものなら、この子もパンも、きみたちには渡せない」

ルイスがきっぱりと言うと、少年たちの顔色が変わった。

「おい。どっから迷い込んだか知らねえが、ここらにはここらのやり方ってもんがあるんだ、口を出すんじゃねえよ」

一人の少年がそうすごむと、

「ちょっと待てよ」

もう一人がにやりと笑った。

「この坊ちゃん、いい服を着てる。帽子も上着も、高く売れるぜ」

「確かに……靴も」

少年たちが一歩前に出て、ルイスは思わず、一歩後ずさった。

自分が持っている服の中では、下町に出かけるのに一番無難だと考えて着てきた学校の制服だが、確かにスラムでは高級品だ。

身ぐるみはぐつもりなのだ。

「家は……どこ？」

腕の中の子どもに小声で尋ねると、

「あっち」

小声で言って、背後を指さす。

家に辿り着けば、誰か家族がいるだろう。

この子をなんとか家まで送り届けて、そこで少年たちをやり過ごす。

そう決めて、くるっと向きを変えると、走り出した。

「あ！」

「逃げるぞ！」

少年たちが追いかけてくる。

前方の角を曲がり、先ほど引き返した場所だと気づいたときには、道を塞ぐように立っていた男たちが、こちらに近づいてきていた。

「おう、なんだなんだ」

「毛色の変わったのが来たな」

立ち止まり振り返ると、背後には少年たち。

両方から、男たちと少年たちがゆっくりと近づいてきて、ルイスを挟む。

「どういうこった」

男が尋ね、

「知らねえ。ガキを庇(かば)ってやがる」

少年が答える。

「なるほど」

男の一人がじろじろとルイスを眺め、にやりと笑った。

「地味に見えるが、これは意外と上物だぞ。若いのが好きな貴族の旦那がいただろう、場末のホテルでやるのが趣味だっていう」

「ああ、なるほど、あの旦那に売れそうだな」

ルイスは一瞬遅れてその言葉の意味を理解し、全身がぞわりとするのを感じた。

下町の安ホテルで、少年を買う趣味の貴族がいて……ルイスをそういう相手に売り飛ばそうというのだ。

「だったら、着てるもんは俺らが貰うぜ」

少年たちもにやにやと笑う。

じり、と男たちが距離を詰めてきた。

逃げ道はない。

体当たりして突破するなら……少年たちのほうか。

覚悟を決めて駆け出そうとしたとき、背後から襟首を一人の男に摑まれた。

「無理だ無理だ、逃げるな」

次の瞬間、帽子が頭から叩き落とされた。

腕を摑まれ、抱いていた子どもが地面に辷り落ちる。

「そのパンを寄越せ」

若者の一人が子どもからパンを取り上げようとし、残りの三人がルイスの上着を引っ張って、肩の辺りでびりっと音がした。

「やめろ！　放せ！」

ルイスは叫び、服を奪われないように、身体を丸めてしゃがみ込んだ。

男たちは容赦なく、ルイスを小突き、蹴り、上着を引っ張る。

このままでは……服も、自分の身も、危うい。

どうしたらいいかわからずに蹲っていると、一人の腕がルイスの頭を殴りつけた。

くらりとして、身体を丸めたまま石畳の上に転がってしまう。

上着の片袖が腕から抜かれた。

もうだめだ、と思ったとき。

「何をしているんだ！」

男の声がして、次の瞬間、ルイスを一番強く摑んでいた男の身体が、横に吹き飛んだ。

とっさにルイスは、傍らでパンを抱えて蹲っていた子どもを引き寄せ、転がったまま抱き締める。

後から現れた男は、若者の一人を殴り倒し、両側から摑みかかってきた男たちをひょいと躱し、足を引っかけて転ばせた。

だが多勢に無勢だ、自分もなんとか加勢しなくてはと思うが、子どもがしがみついてルイスから離れないので、道の端に寄るくらいのことしかできない。

と、どこかから女の叫び声が聞こえた。

「おまわりが来るよ！」

「くそ、ずらかれ！」

男たちは驚くほどの素早さで、さっと姿を消した。

すると、近くの建物と建物の間から、ルイスよりも少し年下に見える少女が走り出てきて、ルイスの腕の中にいた子どもに手を伸ばす。

おまわりが来る、と叫んだ声の主ではなさそうだ。

「大丈夫かい」

「ねえちゃ」

子どもが少女をそう呼んだので、ルイスは子どもを抱き締めていた手を放し、少女に渡した。

立ち上がろうとすると、目の前に男の手が差し出される。

助けてくれた男だ。

「すみません」

その手を摑んで立ち上がり、目の前の男に礼を言おうとして——

ルイスは絶句した。

目の前にある顔は、あまりにも意外なものだった。

黒い瞳。

ゆるやかな癖のある、黒い髪と、くっきりと黒い眉。

エバンズ。

前にだけつばがついた労働者ふうの帽子を被り、これも労働者ふうの交ぜ織りの上着を着てネクタイがわりに皺の寄った布を首に巻きつけているが、整った品のある顔立ちは隠しようがない。

いったいどうしてエバンズが、こんな格好でこんなところにいるのだろう。

「妙なところで会うな」

エバンズも意外そうな口調でそう言ってから、ふと眉を寄せた。

「怪我をしているな、血が出ている」

エバンズの視線が自分の頰のあたりを見ているのではっとして手を当てると、ぴりりとした痛みが走り、指に血がついた。

「帽子を盗られたな。上着も破れている。どこか痛むところは？」

てきぱきとした落ち着いた声音でそう言って、ルイスの全身を眺め渡す。

「だ、大丈夫です」

ルイスはそう言いながら、エバンズとの距離が近すぎるような気がして一歩下がったが、その瞬間足首に痛みが走った。

顔をしかめたのを見逃さず、エバンズがルイスの足元にしゃがみ、右の足首に触れる。

「これか、かなりひどく捻ったな」

確かに、ちょっと動かそうとしただけでかなり痛い。

だが歩けなくはないだろう。

とにかく早く、この界隈を離れたい。

またならず者が来たら……と思いながら、ルイスは思わず辺りを見回した。

近くの家の窓から、住人たちがこちらを窺っているが、道には誰も見当たらない。

「そういえば……警官は」

「はったりだ、誰かがああ言って助けてくれたんだよ」

エバンズが立ち上がって、頭上を見た。

視線を追うと、二階の窓から中年の女の顔が覗いていて、ルイスと目が合うとにっと笑った。

「そのお兄さん、坊やとパンを守ってたからさ、助けなきゃと思って」

坊やとパン、という言葉に思わず子どもを抱いた少女を見ると、少女は無言でルイスに頭を下げた。

その腕の中から、パンをしっかり抱き締めたまま、子どもが大きな目でルイスを見ている。

ああ……下の弟に少し似ているのだ、とルイスは思った。

小さいころの弟にどことなく目つきが似ている。

いや、だから助けたというわけではなく、本当にとっさのことだったのだが。

「さあ、とにかくここを離れたほうがいい。おぶされ」

エバンズがそう言って、背中を向けて屈んだのでルイスは仰天した。

「そんな……大丈夫、です」

「ゆっくりしか歩けないだろう。俺が急いでいるんだ、俺の都合だから早くおぶされ」

強く言われ、ルイス自身、足首が次第にずきずきと痛み出していたのと、この通りから早く出ないとという焦りもあり、エバンズの背中に寄りかかった。

エバンズはルイスを背中に乗せたまま軽々と立ち上がり、すたすたと歩き始める。

広い背中。

自分よりも背が高くスポーツマンらしい体格だとは思っていたが、こんなにも何か……自分の身体を預けてしまえるような逞しさがあるのか。

そしてこの感じに似たものに覚えがある、とルイスは思った。

そうだ、まだ幼いころだ。

大きな背中に自分の身体を預けて、どこか気持ちのいい野原を歩いていた。

あれは、父だ。

決して大柄な人ではなかったが、幼いルイスにとってはとても大きな背中に思えた。

父がまだ生きていたころ、どこかにピクニックにでも行ったときだろうか。

貧しい牧師ではあったが、父が元気だったころにはまだ、時折そんな余裕もあったような気がする、とルイスは思い……

ふいに辺りが賑やかになったので、はっと我に返った。

なんだか、ぼんやりとしてしまっていた。

馬車の車輪の音、物売りの声、行き交う人々の話し声。

エバンズは曲がり角を迷うこともなく、迷路のような一角からあっという間に馬車が行き交う広い通りに出たのだ。

やっぱり不思議だ。

エバンズの、労働者ふうの服装、スラムに慣れた様子。

もしかすると……ルイスがもともと下町育ちであるように、エバンズにも何か事情があって、スラムに縁があるのだろうか……？

いや、それは違う、とルイスは思った。

エバンズの様子は、決してああいう界隈で育ったという馴染み方ではなく、ああいう場所に縁はないが、用事があれば紛れ込む術を知っている、というように見える。

滲み出る堂々として品のある態度は、労働者ふうの服装だけでごまかせるようなものではない。

だから……うかつなことは口走らないようにしなくては。

エバンズは躊躇うことなく、客待ちをしていた辻馬車を捕まえ、背中からルイスを下ろして座席に押し込もうとする。

「ど、どこへ」

　慌ててルイスが尋ねると、

「とりあえず、俺の家。怪我の手当。服の手入れも」

　有無を言わさない口調でそう言って、御者に「ペルメル街」と言って番地を告げると、自分も座席に乗り込んできた。

　馬車が動きだす。

　ルイスとしてはこのままエバンズの家に連れていかれて世話になるのは気が進まないのだが、帽子をなくし、上着も汚れて破れ、怪我までした状態で叔父の家に戻るのも、どう説明すればいいのかわからない。

　それに……なんだかぼうっとして、頭がうまく働かない。

　どうしよう、と思っているうちに馬車が止まった。

「ありがとう」

　エバンズが御者に声をかけて馬車を降り、支払いをし、そしてもぞもぞと座席から降りようとしているルイスに手を伸ばすと、ひょいと膝裏を掬(すく)って抱き上げる。

「え、や」

　背中におぶさるならまだしも、こんなふうに抱かれては、みっともないことこの上ない。

　しかし抵抗するルイスをものともせず、エバンズは目の前にあった建物の階段を上る。

大きな建物を縦割りにした、三階建てのテラスハウス。

だが、貴族や大金持ちが住むような、全体が大きな宮殿に見えるような贅沢なテラスハウスではなく……叔父に連れられて夜会に出かけるような、新興の実業家が住んでいるこれ見よがしの豪華なものでもなく。

落ち着いた灰色の石造りの、中流階級の中で少し上寄りの家、という感じだ。

おそらく三、四人の使用人を使う程度の。

貴族の家系と聞いていたエバンズの家としては、想像とは違う慎ましさ。

そんなことを考えている間に、エバンズはルイスを抱いたまま数段の階段を上がり、一瞬だけルイスを抱えた片手を離して呼び鈴を押し、またルイスの身体を支えるという曲芸のようなことをする。

すぐに、内側から扉が開いて……

顔を覗かせたのは、想像していたお仕着せを着た召使いでも、客間女中や家政婦でもない、一人の若い男だった。

絹糸のような金髪に細面の、繊細で美しい顔立ち。

「おかえりなさい、サミィ――どうしたの⁉　怪我人⁉」

優しい声に、途中から緊張が加わる。

「うん、怪我と、あとどうやら熱を出してる」

サミィと呼ばれたエバンズが頷き、金髪の男は慌てて扉を大きく開けた。

「ドクターは往診だけど、間もなく戻ると思う。診察室のベッドは硬いから客間のソファのほうがいいね、毛布を取ってくる」

てきぱきとそう言って、廊下の右手の扉を開ける。

エバンズはその部屋に入ると、暖炉の前にあったソファにルイスを下ろした。

エバンズが「熱を出してる」と言った通り、ルイスはどうやら発熱をぶり返していたらしく、身体が重くソファにめり込むのを感じる。

「ちょっと、上着だけ、脱げ」

エバンズが穏やかにそう言ってルイスの上着を脱がせた。

すぐに身体が毛布で包まれ、金髪の男がソファの脇に膝をつき、ルイスの額に手を当てた。

細い指の、ひんやりとした心地よい手。

「熱はいつから？　何か持病があるの？」

胸の中にすうっと染み込んでくるような優しい声。

「持病というわけでは……ただ時々熱を出すだけで……」

「苦しいところはある？」

濃い碧(みどり)の美しい瞳が、ルイスの目を見つめる。

「いいえ」

ルイスは答えながら、この人はどういう人だろう、と考えていた。

年の頃は二十代か……いや、若く見えるが、落ち着いた雰囲気はもしかしたら三十近いのかもしれない。

エバンズの兄だろうか……だが、まったく似ていない。

と、ソファの背もたれ側から大きな手……エバンズの手が伸びてきて、ルイスの額に濡れた布を乗せた。

目まで覆われ、ひんやりして気持ちいい、と感じる。

そこへまた呼び鈴が鳴り、「あ」とエバンズが出ていく気配がした。

「お帰りなさい」という声に、「誰か来ているの？　急患かい？」という穏やかで落ち着いた大人の声が尋ねているのが聞こえる。

エバンズの「偶然会った学校の友人が怪我をして、熱も出していて」と説明している声が近づいてきて、誰かがソファの側まで来た気配と同時に……

「ちょっと失礼するよ」

大人の男の声がそう言って、ルイスの額の布を少し上にずらした。

四十過ぎと見える男の顔。

鳶色の瞳、茶色の髪の、品のある整った貴族的な顔立ち。

エバンズの父親なのだろうか。

いや……親はいないと言っていたはずだから、誰か親戚？

だが、やはりエバンズにも、もう一人の金髪の男にも、まったく似ていない。

「私は医者だよ。サミィの学校の友人だって？ ひどい目に遭ったね」

穏やかに微笑んでそう言うと、慣れた様子でルイスの頬の怪我を見て「これは血が多かったから少し驚いただろうがもう止まっている、残るような傷じゃないよ」と言い、それから右足の靴下を脱がせ、いろいろな角度に慎重に動かす。

「これも折れてはいない、捻っただけだが、腫れてきているから何日か動かさないほうがいいね……ルーイ」

医者がふいにそう呼んだので、ルイスははっとした。

ルーイは、ルイスの愛称で……幼いころ、父にそう呼ばれていた。

どうしてこの人が自分の名前を、そしてその呼び方を知っているのだろう、と思ったのだが……

あの金髪の男が「はい」と返事をしたので、自分の勘違いに気づいた。

では、あの人の名前もルイスなのだろうか。

そして、エバンズのことは「サミィ」と呼んでいたから、彼のファーストネームはサミュエルだろうか。

「診察室から湿布と包帯を持ってきてくれるかい」

「はい」

ルーイと呼ばれた人が部屋を出ていき、すぐに包帯を持って戻ってくる。

「こうして固定しておけば大丈夫だ」

手早く手当を終えた医者に、ルイスは頭を下げた。

「ありがとうございます、ドクター・エバンズ」

と、医者は驚いたように眉を上げ、それから鳶色の瞳に優しい笑いを浮かべてエバンズを見た。

「説明してないのかい?」

「あ、まだ」

エバンズが同じように瞳に笑みを浮かべた。

「バーネット、悪かった、この人はドクター・ハクスリー」

ハクスリー。

エバンズではない。

ということは……この人はエバンズの親族ではない。

いったいどういう家族なのか、まるでわからない。

ルイスが戸惑っている間にドクター・ハクスリーは手当を済ませると立ち上がり、傍らにいたエバンズに尋ねた。

「彼の家は市内？」

「確か、郊外じゃなかったかな」

エバンズがルイスを見たので、ルイスは頷いた。

「ターンハム・オーク駅の近くです」

ドクターが少し首を傾げる。

「馬車で送ってもいいが、少し遠いな。熱のことを考えると、馬車の揺れはよくない。家に戻してまた別の医者を呼ぶようになるかもしれないことを考えると、いっそ何日かうちで見たほうがよさそうなんだが」

「俺もそう思う。バーネット、いいかな？」

エバンズがルイスに尋ねる。

「きみの家には使いを送るから」

しかしルイスは躊躇った。

確かに身体はだるく、これからまたさらに熱が上がりそうな気がしている。

叔父の家に戻って、怪我の理由を説明しなくてはいけないことを考えると、気が重いし、ここが医者の家なら……エバンズの世話になるという意味では気が引けるのだが、このドクターと、ルーイという人は、印象がよく、心地よい。

「お願いします……でも、どこでどうして怪我したのかは……」

ルイスがおそるおそるそう言うと、エバンズが頷く。

「大丈夫だ。じゃあ、ドクターに手紙を書いてもらおう。ドクター、彼の叔父はバーネット織維会社の持ち主なんだ。俺はこの間レイモンド夫人のところでちょっと挨拶したから、それを書き添えてもらえるといいかもしれない」

ドクターは頷いた。

「わかった」

ルイスはほっとした。

叔父に説明の手紙を書いてくれるというのなら、助かる。

叔父だって、夜会で会った学友のところ、しかも医者の家だというのなら、そして医者その人からの手紙なら、怒ることもないだろう。

——なんだか、何もかもエバンズにおんぶに抱っこ（実際、どちらもされてしまった）で任せきりになっているのが、どうにも釈然としないが……今は仕方ない。

熱が上がってきたのか、身体のだるさが増している。

「部屋はどこに？　二階に連れていく？」

「いや、足のことを考えたら一階のほうがいい」

「毛布をもう少し足して、夜の間、火を絶やさないようにして……」

「あと、この薬を寝る前に飲ませて」

三人がそんな会話を交わしているのをぼんやりと聞きながら、ルイスは発熱時独特の、重苦しい眠りの中にいつの間にか沈み込んでいた。


目を開けると気分がすっきりしていて、熱が下がっているのがわかった。

ゆっくりと上半身を起こして部屋を見回すと、そこはそれほど広くはない、しかし居心地のいい居間だった。

モスグリーンにピンクの小花を散らした壁紙、濃い緑のカーテン、くすんだピンクのラグ、カーテンと色合いが近いソファなど、色の組み合わせがうるさくなく、趣味がいい。

ルイスが寝かされていたのは長いソファで、ティーテーブルを挟んだ向かい側にある大きな一人がけのソファに、毛布にくるまって身体を半分折り曲げ、足を肘乗せに乗せた器用な格好で、エバンズが寝ている。

大人びて落ち着いていると思っていたエバンズの顔だが、寝顔は無防備なせいか、少し子どもっぽく見えるのが不思議だ。

一晩中、ここにいてくれたのか。

そう、エバンズは「いい人」なのだ。

学校での態度で、ルイスがエバンズを煙たがっていると知っているだろうに、ここまで親切にしてくれるというのは、根っからの善人で……そして何より、育ちがいいのだという感じがする。

だがその「育ち」は、ルイスの想像と少し違うのかもしれない。

伯爵家の人間だと聞いていたが、この家はどうやら「伯爵家」という感じではない。

エバンズの実家が貴族で、何か事情があってドクターのところにいるのだろうか。

親子ではなくても、近しい親戚か何かとか、複雑な事情があるのかもしれない。

それでも、少なくともこの家の住人は、温かい。

そんなことを考えていると、居間の扉が静かに開き、ルーイというあの金髪の男がそっと部屋に入ってきた。

起き上がっていたルイスと目が合い、ぱっと笑顔になる。

「起きていた？　顔色はいいね、よかった」

「うぁ？」

その声に眠っていたエバンズがびくりと反応し、ソファから上半身がずり落ちて止まる。

ルーイが心地のよい笑い声をたてた。

「ずいぶん器用な格好で寝たね」

ああ、この人は声が美しいのだ、とルイスは気づいた。

優しい話し方ももちろんだが、声そのものに、聞く者の気持ちを明るく落ち着かせる、不思議な魅力がある。

「昔っからこのソファで丸まっていると、そのまま熟睡しちゃうんだよなあ」

エバンズの返事も、学校での態度とは違う、気安く、どこか甘えるような感じがするのが意外だ。

そして……昔から、ということは、エバンズはやはりこの家で育ったのだろう。

そのエバンズがもぞもぞと体勢を立て直してソファに真っ直ぐ座り、ルイスを見た。

「顔色はいいな」

ルーイが歩み寄ってきて、ルイスの額にそっと手を当てる。

「熱は下がったみたい。でも足は痛むよね？」

そう言われてルイスは、右足をそっと床に下ろしてみた。

ずきんと痛む。

思わず顔をしかめた様子を見て、ルーイは頷いた。

「二日くらいは歩かないほうがいいと思う」

「あの」

ルイスは戸惑いながら尋ねた。

「あなたも……お医者さまなんですか？」

ルーイが目を丸くし、エバンズを見る。

「何も説明してないの？」

「話しそびれた」

エバンズが苦笑しながら、ゆるい癖のある黒い髪に片手を突っ込み、ぐしゃぐしゃとかき回す。

「ええとね」

ルーイがルイスを見て微笑んだ。

「ここは、ドクター・ハクスリーの家です。僕は医者じゃなくて、ドクターの助手。ルーイと呼んでください。きみのことはルイスと呼んでいい？」

ルーイはルイスの愛称だから、そういうふうに呼び分けようと言ってくれているのだろう。

数日間世話になるのだから、そうやってファーストネームで呼ばれるほうが落ち着くのは確かだ。

「はい」

ルイスが頷くと、ルーイがエバンズに視線をやる。

「そしてサミィ……サミュエルは、未来の医者、というところかな。今もドクターを手伝っているし、将来は医学を学ぶつもりだから、この家は怪我人や病人にとっては居心地は悪くないと思うので、ゆっくり過ごしてね」

その言葉が、優しく真っ直ぐに心に入ってくるのは……やわらかな口調のせいもあるが、やはり声そのものが不思議な、美しい響きを帯びているからだ、とルイスは思いながら頷いた。

「ありがとうございます」

だがルーイの説明だけでは、家族なのか家族でないのか、誰と誰がどういう関係なのか、やはりちっともわからない。

ルイスが納得のいかない顔をしていたのだろう。

「あー、あとは俺が説明する」

エバンズがさらりと言って、ソファから跳ねるように立ち上がった。

「朝飯、どうする？　ドクターとルーイもここで食べる？」

「四人で食べるにはテーブルが小さいから、僕とドクターは食事室で食べるよ」

「じゃあ二人分、ここに運ぶ。バーネット、待ってろ」

そう言ってルーイとエバンズが居間を出ていく。

食事をエバンズが運んでくるということは、使用人はいないのだろうか。

いくらなんでもそんなことはないだろう。

想像していた貴族の邸宅とは違うが、少なくとも中流の上のほう……という家に住み、主が医者なのだから、最低でも家政婦と料理人、雑役婦くらいはいないと家として成り立つはずがない。

そう思っていると居間の扉が再び開き、盆を持ったエバンズが入ってきた。

続いて、一四、五歳と見える、同じく盆を持った、白いエプロンをつけた少女も入ってくる。

やはり使用人はいたのだ、となぜかルイスはほっとした。

ルイスと目が合った少女が、恥ずかしそうに小さく頭を下げる。

エバンズが、自分が持っていた盆をティーテーブルの上に置いた。

「テーブルを少しソファに寄せるからちょっと待ってて」

少女にそう言って、テーブルをルイスのほうに寄せ、少女が持っている盆に手を差し出す。

「ありがとう。あとはやれるからいいよ、下げるのも俺がやるから」

使用人に、礼を言っている。

ルイスは驚いてエバンズを見つめた。

まるで、学校で下級生に話すときのように、年は上だが対等だ、というような口調で。

「はい」

少女も驚いた様子もなく頷いたところを見ると、日常的にこういう接し方なのだ。

ルイスの叔父のように、高飛車に怒鳴り散らすのではなく。

ヒューバートの家のように、存在を無視するのでもなく。

ルイスの母もあちこちの家で通いの雑役婦をしていたが、仕事そのものよりも、雇い主の扱いが辛そうだったのを覚えている。

ルイスが言葉を失っている間に、エバンズはテーブルに二つ目の盆を置き、自分が寝ていた一人がけのソファを引き寄せてルイスの向かいに座った。

「朝飯、どうぞ。顔も洗ってないけど、それは後だ」

盆を見ると、ほかほかの丸パン、キャベツとベーコンのスープ、ゆで卵、ココアという組み合わせで、どれもおいしそうだ。

「このスープはルーイの自信作、食欲のない病人でも食べられる。バターはちょっと塩気が強いかもしれない、俺が作ったやつだからごめん。どうぞ」

エバンズがさらっとそう説明したので、ルイスは面食らった。

ルーイがスープを作り、エバンズがバターを作った。

この家には料理人はいないのだろうか。

「ああ」

ルイスの表情に気づいてエバンズが苦笑した。

「変な家だと思ってるだろう。とりあえず、食べたら説明するよ。まずは食事を」

そう促して、エバンズがスプーンを手にする。

「……いただきます」

盆を見た瞬間から空腹を覚えていたルイスも、遠慮がちにではあるがスプーンを手に取り、スープをひとくち飲んだ。

……おいしい。

胃腸が弱っていたり食欲がなかったりというときでも、これならすんなり喉を通っていきそうな、優しい味だ。

バターは確かに塩気が少し強いが、逆にパンがあっさりしているので、よく合っておいしい。

エバンズと向かい合って食事をするのは気まずいような気もしたのだが、エバンズがこちらを見ないでどこか真剣に食べているので、ルイスも自分の食事に集中できる。

ゆっくりと食べ終わったときには不思議な満足感が身体を満たしていた。

ほぼ同時に食べ終わったエバンズが、盆を下げに出ていき、そして何か包みを持って戻ってきた。

「今朝(けさ)早くにきみの叔父さんからの使いが来て、これを置いてってたって」

そう言って包みから取り出したのは衣類だった。

叔父の家にあったものではなく、寸法の合いそうな既製のものを見繕ったという感じで、おそらく会社の事務員に命じて届けさせたのだろうとわかる。

数日間この家で世話になることを了承した、ということなのだろう。

「今、洗面の水、洗面の水を持ってくるから、顔を洗って着替えて」

洗面の水、という言葉に寮での初日の失敗を思い出してしまったのだが、エバンズはそんなことは覚えていないという態度だ。

てきぱきと部屋を出入りして水差しや洗面器を運び込み、ルイスが身支度を終える間一人にしてくれる。

至れり尽くせりで、しかも手際がいい。

そしてルイスは、別の部屋で食事をすると言っていたドクターやルーイの気配がまるでしないことに気づいた。

医者と助手と言っていたから、往診にでも出ているのだろうか。

使用人は、先ほどの少女だけなのだろうか。

いや、詮索する必要はない……本当に、足が治るまでの間、仕方なく世話になるだけの家なのだから。

叔父が届けて寄越した服は、どれも少しずつサイズが大きかったが着られないことはなく、小さすぎるよりはましだと思いながら身支度を終えると、見計らったかのようにエバンズがまた入ってきた。

「終わったか、じゃあ、ここは掃除するので移動だ」

そう言うと、ルイスのほうに腕を伸ばしてきた。

触られる……！

ぎょっとしてルイスはびくりと身をすくませた。

その反応にエバンズが驚いた顔をして、それから穏やかに言った。

「テラスに運ぶだけ」

そうだ、エバンズはルイスを運ぼうとして手を伸ばしてきただけだ。

それを言うなら、昨日から背負われたり抱き上げられたりしていたはずなのに、どうしてこんな反応をしてしまったのか、とルイスは慌てた。

「いえ、すみません、あの、人に触られるのが……ちょっと苦手で……」

今さらという言い訳をしながら、ソファの肘乗せに手をついて立ち上がろうとする。

しかし、足を床についた瞬間、びりっとする痛みが走った。

「ほら、無理だ」

エバンズがとっさに手を出してルイスの身体を支え、今度は有無を言わさず抱き上げた。

「これは、触ってるんじゃなくて運んでるんだ」

そう言って歩き出しながら言葉を続ける。

「言っとくけど、これはドクターの命令。片足で跳ねて歩くとか家具に掴まりながら歩くとか甘いことを考えていると、怪我をしてないほうの足も痛めて、結局は長引くぞ」

先ほど走った痛みからして、それは本当なのだろう。

エバンズはルイスを抱いたまま足で蹴飛ばすようにドアを開け、廊下を、玄関とは反対側に向かってずかずかと歩いていく。

それが、怒っている……というよりは、他意はなくただルイスを移動させているだけなのだとわからせようとしているのだと、さすがのルイスも気づいた。

そうだ……もちろん。

エバンズは、ヒューバートとは違う。

エバンズは別に個人的にルイスに興味を持ったわけではなく、学校では監督生としての立場で親切に接したのだし、スラムで出会い、助けてくれたのも、相手がルイスでなくても同じようにしたのだろう。この家に連れてくるはめになったのだって、ルイスの怪我と熱のせいだ。

エバンズはただ親切なのであって、そういう人間なのだ。

ヒューバートと重ねるのは間違っている。

ルイスにも、それはとっくにわかっていた。

恥ずかしい反応をしてしまった。エバンズが気を悪くしても不思議はないのに、こうして面倒を見てくれるのだから申し訳ない。

だがそれでも……ヒューバートとのことを思い出すと胸が痛くなる。

しかし、ルイスがあれこれ思い悩む間もなく、エバンズは開け放ってあった扉からテラスに出て、そこに置いてあった椅子にルイスを下ろした。

テラスは庭に面している。

こういうテラスハウスを表から見ることはあっても、奥まで入るのははじめてで、隣の家との間に塀がある細長い空間とはいえ、意外にも明るく開けた庭があることにルイスは驚いた。

真冬ではあるが、日の当たるテラスは家の中よりもずっと暖かく居心地がいい。

そして庭には、寒さに強い種類なのだろうか、そこそこに小さな木や草が緑に息づき、庭の奥には小さなガラスの温室まであって、その中は緑に溢(あふ)れているのがわかる。

誰かが丁寧に手を入れている庭なのだ。

「これを」

エバンズが、テラスにあったもう一脚の椅子の上にあった毛布を広げ、ルイスの膝にかけた。

病人を扱い慣れている、という感じだ。

そしてエバンズはその、もう一脚の椅子を少しだけルイスのほうに引っ張って、腰を下ろす。

「さて」

エバンズはルイスの顔を見ると、真面目な顔で口を開いた。

「俺とルーイは、親を亡くして、ドクターに引き取られたんだ」

いきなり核心に入る。

「二人ともドクターと血縁はない。ルーイと俺も兄弟じゃないし、二人ともドクターの養子というわけでもない。でも、俺にとって物心ついたときからあの二人が家族で、ここはそういう家。これでわかってくれるかな」

淡々とした、余計な感情を交えないエバンズの言葉。

叔父に引き取られているルイスと境遇が「似ている」と言ったのは、そういう意味だったのか。

想像していたような「伯爵家のお坊ちゃん」ではなかったのだ。

だがそれでは、伯爵家と関係があるという、あの噂話はなんだったのだろう。

話をしていた生徒たちの勘違いだろうか。

エバンズと、ルーイというあの人も、兄弟ではない。

ドクターが孤児を二人、引き取って育てた。そういうことだ。

二人の親が、もともとドクターと知り合いだったとか、その辺りなのだろうか。

そして住んでいる家を見ても、経済的にはルイスの叔父のほうが裕福なくらいかもしれない、と思う。

だが……それでも決定的な違いがあるようにルイスは感じる。

「それでも……この家には、愛情がありますよね」

ぽろりとそんな言葉を口にしてしまってから、ルイスは思わず手で口を押さえた。

思っただけで口に出すつもりではなかったのだ。

エバンズが軽く両眉を上げる。

「すみません、あの」

「あるよ」

あっさりと、しかし真面目な顔で、エバンズは言った。

「あの二人から、愛情をたくさんもらって育った、それは俺の自慢だ」

それからルイスの顔が曇ったのを見て、口調を変える。

「もしかして……バーネットの家は、居づらいのか。気にかけてくれる人がいない家だったのか」

ルイスはびくりとして、首を横に振った。

「違います」

そうだ。

叔父の家は確かに、高圧的な叔父とびくびくしている使用人たちだけで、温(ぬく)もりのようなものはない。だが……少なくとも十三歳まで、ルイスは貧しくても愛情を注いでくれる親きょうだいに囲まれて育ったのだ。

「そうじゃありません」

強すぎるほどのルイスの否定に、エバンズはただ「そうか」とだけ答える。

「あと、この家について……たいていの人から変わっていると思われているのは使用人のことだけど、きみがこの家にしばらくいるなら説明しておいたほうがいいな」

エバンズは、まさにルイスが不思議に思っていたことを口にした。

「この家には、俺たち三人と、雑役のメイドが二人。長くこの家にいた家政婦のバリー夫人が二年前に引退してから、新しい家政婦は入れていない。俺もルーイも一通りのことはできるからね。で、雑役の二人もうちの使用人というよりは、ドクターが貧しい親から預かって仕事を覚えさせている、住み込みじゃなくて通いの子たちなんだ。もちろん給金は払っているけど」

給金を払いつつ、預かって仕事を覚えさせている……？

どういう意味だろう、とルイスの顔に浮かんだ疑問を読み取ったのだろう、エバンズが言葉を続ける。

「何も知らずにいきなり大きな家に雇われると、たいていおそろしく給金は安い。ある程度仕事を覚えて別の勤め先を探して移るまでに、何年もかかる。でも、うちで一年間仕事を覚えてからなら、最初からそこそこの給金がもらえる仕事につける。最初の半年は、先にいる子に仕事を教えてもらって、半年後には先にいた子が卒業して次の子が入ってくるから、教えながら働く、という感じだ。だから全部を任せられるわけではなくて、できることは俺とルーイが手分けして手伝ってる」

つまりこの家では、半年ごとに、二人いるメイドのうちの仕事を覚えた方の一人が辞めていき、次の子が入ってきて入れ替わる、ということなのか。

それは本当に……「雇う」というよりは「訓練する」、「辞める」というよりは「卒業する」という言葉がふさわしい。

だがそれは、いつまでたっても未熟練の少女たちの面倒を見るという感じで、この家に住む人たちにとっては不便ではないのだろうか。

げんに、任せられない部分はこの家の住人である、エバンズとルーイがやっているらしい。

いや、おそらくその不便さも、この家の住人たちが慈善、もしくは社会改善活動のようなかたちで甘んじて受け入れている状態なのだ。

世の中には、そんな人たちが存在するのか。

ルイスは言葉を失っていた。

ルイスが育った下町でも、十二、三歳で奉公に出る少女は多かった。

手に職のない少女にとって、家事奉公人というのは一番手っ取り早い仕事だ。最近は工場勤めという選択肢もあるが、健康を害することもあるし、風紀の問題から親が不安がる場合も多い。

だが家事奉公人は確かに、最初の奉公先での給金が安く、それでも身を削るようにして仕送りをしてくる少女たちがたくさんいた。

「こんな話をしたのは」

エバンズが、じっとルイスを見つめて言った。

「この家で何日かでも暮らす以上、きみも彼女たちとじかに接することがあると思うからだ。彼女たちはこの先、奉公先で辛い目に遭うこともあるだろうが、世の中のすべてが理不尽で辛いものではないと知っておいてほしい、この家ではせめて心地よく働いてほしいというのが、ドクターの考えなんだ。だから、きみが彼女たちに直接何か頼む場合でも……彼女たちも人間で、それぞれに家族があり、苦労しているということを知って……優しく接してやってくれるかな」

ルイスは、胸が痛くなるような、不思議な感覚に襲われた。

もちろんルイスは知っている。

母が雑役婦としてあちこちの家で働き、ひどい雇い主に当たったって辛い目に遭っていたのも見ている。

だがそれを……「使う」側の人間が思いやっているのを見たことがない。

この家の住人は……まずドクターという人が、そして一緒に暮らしているルーイとエバンズも、上層中流階級としては、かなり変わった考え方をする人たちなのだ。

そして同時にエバンズはルイスのことを、「使われる側」の辛さを知らない「使う側」の人間だと思っているからこそ、「優しく接してやってくれ」などと言うのだろう。

ルイスの中には「そんなことは知っている、エバンズなどよりずっと」という小さな反発もなくはない。

それでも……この家で仕事を覚えながら働いている少女たちは、この先の人生に苦労は多いだろうが、出発地点は恵まれている。

それがルイスにとっても、どこか救いになる感じだ。

「もちろんです」

ルイスは頷き、強い口調で言った。

エバンズに言われたからではなく、自分もそういう考え方に賛同する、自分の意思を持っているのだということを示すために。

エバンズは嬉しそうに目を細めた。

「うん、きみならわかってくれると思っていた。下級生の水汲みを手伝おうとしてくれたきみは、他人の痛みが想像できる人なんだと思っていたから」

ルイスははっとしてエバンズを見た。

からかっている様子はない、真面目な顔だ。

それではエバンズは……ルイスのことを、おかしなお節介だと嗤っていたわけではなかったのだろうか。

他人の痛みが想像できると、あの一件から感じてくれていたのか。

それなのに自分が勝手に……馬鹿にされていると思い込み、エバンズに反感を持っていた、ということなのだろうか。

そう、エバンズは、ヒューバートとは違うのだろう。

またしてもルイスはそう思った。

大人びた余裕の笑みがヒューバートと似ているだけで、先入観を持っていたのはルイスのほうなのだろう。

だがそれでも……ルイスには、エバンズを完全に信じ切れないところがある。

エバンズはあくまでも「上から」見ている立場の人間だからだ。

「下」の人間を思いやる想像力があり、「下」の人間に対する優しさがあったとしても、それはあくまでも、自分自身が「上」にいる余裕があるからできることなのだ、という気がしてしまう。

それは……もともと「下」で育った自分の僻みなのだろうか。

エバンズは、自分が発した言葉に対してルイスが何か考え込んでしまったのを見て、わずかに眉を寄せ、少しだけ椅子をルイスのほうに寄せて顔を覗き込んだ。

「俺は……いつも何か、バーネットの気を悪くするようなことを言ってしまうのかな」

ルイスはぎくりとしてエバンズを見つめ返した。

見抜かれている。

エバンズが何か言うたびに、過剰に反応してあれこれ考えてしまうことを。

ルイスの中では、あんなにヒューバートを無条件に信じ、慕ってしまったために受けた傷は、まだじくじくと疼（うず）いている。

だがそれはエバンズのせいではない。

立場や育ちの違いから、永遠に理解し合えない相手であったとしても、だからといって自分の勝手な反感でエバンズを傷つけていいということではない。

ましてやこれだけエバンズの世話になっていて。

「……すみません」

ルイスはそう言ってから、言うべきことを考えた。

適当なごまかしが通用する相手ではないことはわかりはじめている。

「前の学校で……上級生とうまくいかなかったんです。たぶん、僕のほうに原因があるんです。僕はその……誰かと親しくなることが、苦手で」

「親しくなることが苦手？」

エバンズはわずかに首を傾げた。

「親しくなるのが難しい？　親しくなりたくない？　どちらだろう」

どちらもだ。

だが、あえて言うなら……

「なりたくない、なるのが怖い、んだと思います」

近づいて傷つくなら近づきたくない、それが本音だ。

「それはつまり……」

エバンズは唇を噛み、言葉を探す。

「俺がきみと親しくなろうとすれば、それはきみを怖がらせるっていうことなんだな」

低く真剣な声でそう言って、それから前屈みになっていた身体をすっと起こし、頷いた。

「わかった、きみが『ここから先はいやだ』と意思表示してくれれば、俺はそこを踏み越えないように気をつける。個人的な領域には踏み込まないように気をつける。だが必要なことは言うし、必要なこともする。それでいいか？」

エバンズの家でこんなふうに厄介になりながら、そんな距離感を要求するというのはとんでもなく我が儘で厄介なことだと自分でも思う。

だが同時に、エバンズがそういう距離の取り方をしてくれるのならほっとする、という思いもある。

「すみません……ありがとうございます」

ルイスが言うと、エバンズはにっと笑った。

「謝るのはなし。じゃあ早速だけど、きみをここに置いたまま俺が出かけるのは構わないね？　一人で置いておくのはどうかとも思ったんだが、きみが放っておいてほしいのなら、俺もやることを済ませてしまうから」

それはつまり、エバンズにはやることがあって、自分のために時間を取らせてしまっていたということだ。

「もちろんです……！」

ルイスが慌てて言うと、エバンズは頷いて立ち上がった。

「テーブルの上にこのベルを置いておくから、寒くなってきたり、何かあったら、鳴らしてくれ。雑役の女の子たち……さっきの子がスーで、もう一人がベッシーというんだけど、どちらかが必ず来るように言っておくから」

銀色の華奢な呼び鈴をルイスの手が届くところに置くと、エバンズは軽く片手を上げて、テラスから家の中に入っていった。

足は意外に重傷だったらしく、その日のうちに腫れはとうとう引かなかった。

夜はまたドクターが足を診てくれ、ルーイが湿布と包帯を替えてくれる。

そして食事は居間で、エバンズと二人で摂る。

とはいえ二日目には「昼食は一人でいいかな」と言われ、エバンズはどこかに行ってしまい、スーという雑役の少女がサンドイッチを運んでくれた。

エバンズが家の中にいるのか、出かけたのかもよくわからないが、向かい合って食べるのはどうにも気詰まりなルイスの様子を見て、あえて一人にしてくれたのだろう。

夜には居間に折り畳みの簡易ベッドが持ち込まれてルイスはそちらに移り、エバンズがソファに寝ることになって、なんだかすっかり居間を占領してしまった気がして申し訳ないと思う。

しかしこの家の人々は、「そのほうがいろいろ都合がいい」「この居間は使わなければ使わないで済むから」と気軽な調子で言ってくれ、その気遣いがありがたい。

ドクターとルーイが、朝晩足を診る以外はルイスのところに来ないのも、おそらくエバンズが「あまり構われたくない」という意味のことを、やんわり言ってくれたのだろうとわかる。

しかしこうまで至れり尽くせりで気遣ってくれると、「親しくなりたくない」などと言ってしまった自分はとんでもない恩知らずだと、罪悪感も募ってくる。

とにかく……早く、ここの世話にならずに済むようになって、帰りたい。

あの叔父の家に「帰りたい」などと思う日が来るとは思わなかった。

だがその叔父だって、ルイスを下町の貧しい暮らしから引き上げ、何不自由ない暮らしをさせてくれているのだから、嫌うのは筋違いなのだ。

――自分は、なんていやな人間なのだろう。

その夜、灯り(あか)が消された後も、ルイスはずっと、自己嫌悪を抱えて眠れずにいた。

両親は、こんないやな人間に、自分を育てたのではなかったはずだ。

他人に対する思いやり、正しいことを言う勇気、高慢を戒め、謙遜を美徳とし、常に自分よりも困っている人の助けになるように、と……牧師の父はそう諭し、父が亡くなった後も、母自身がそのように生きる手本を示していてくれた。

そういう両親を尊敬して、同じように生きたいと思っていたはずなのに……どうしてこんなことになってしまったのだろう。

そんなことを考えているうちに、いつしか浅い眠りがやってきて――

＊＊＊

「へえ、そうだったの」

ルイスが自分の境遇について打ち明けたとき、ヒューバートは一瞬驚きを見せたが、次にその顔に浮かんだのは、なんとも言えない、つまらなそうな……そう、ルイスは自分が見間違えたのかと思ったくらいに意外な、つまらなそうな顔だった。

そのとき、ルイスとヒューバートは、複雑な迷路のようになった庭の、誰からも見えないように配されているベンチに座っていた。

打ち明け話をするにはちょうどいい、とルイスが感じ、そしてとうとう「実は」と話し始めた場所だ。

使用人が無視されているのが辛い、自分の母もそういう使用人の一人だから。

叔父に引き取られるまで、下町で貧しい暮らしをしていたから。

ルイスにとっては、本当に思いきった告白だったが、それでも……ヒューバートなら受け止めてくれる、という思いがあったのだ。

ヒューバートを信頼していたから。

ヒューバートはベンチの背もたれに回した腕でルイスの肩を抱くようにしてその話を聞いていたのだが、ふいにその手を引っ込めると、ルイスの顔を覗き込んだ。

そして彼の口から出たのは……あまりにも意外な言葉だった。

「なんだ、箱入りで育ったんだとばっかり思ったから、こっちもじっくり時間をかけようと思ったんだけど、そういうわけじゃないのか」

どういう意味だろう。

ルイスはヒューバートの顔をまじまじと見た。

見たこともない表情が浮かんでいる。

大人びて穏やかで包容力のある、あの魅力的な笑みが……何か、いやなものを含んでいる。

軽蔑、ではない。なんというのだろう……下卑た、どこか投げやりな。

ヒューバートはにやっと笑った。

「そういう育ちなら、わかってたんだろう？　僕が何をしたかったたか。うぶな、何もわからないふりをして、すっかり騙されたよ」

「い、意味が……」

わかりません、と言おうとして舌がもつれた。

いや、わからなくはない、ただ、理解したくない、ヒューバートの口からそんな言葉が出るとは思いたくない。

だがヒューバートは、ルイスの顎を指で強く摑み、上向かせた。

「そういうことなら、むしろ手っ取り早くていいや。お前は派手な顔立ちじゃないけど、なんとなくそそる雰囲気を持ってるんだよなあ。貧乏人は一部屋に住んで、子どもが寝てる脇で、夫婦がやってたりするんだろ。そういう環境で育てば、小銭欲しさに客を取ることだって普通だろう？　だったら男の喜ばせ方くらい、知ってるんだろ？」

ルイスの頭が、がんがんと痛み始めた。

いきなり口調がぞんざいになっただけでもショックなのに……ヒューバートは、ルイスが少年好みの客を相手に身体を売っていたのではないかと、そう言っているのだ。

ルイスだって、スラムに行けばそういう少年たちがいることは知っている。

だがルイスが育ったのは、貧乏でも、日々の仕事があり、きちんと暮らしている人々が住む街だ。

ヒューバートは、下町とスラムの区別すらつかず「貧乏人」とひとくくりにして、ルイスがそういう仕事をしていたと決めつけている。

「な……僕は、そんな……ことはしていません！」

ルイスが首を振ると、ヒューバートはくっと喉を鳴らして笑う。

「いいって、もうわかったんだから。そんな打ち明け話をしたってことは、お前だっていい加減お坊ちゃんごっこに飽きてきたんだろ？」

ヒューバートはそう言うと、ルイスの後頭部の髪を摑み、自分の腿(もも)のあたりに押しつけた。

いや、腿ではなく……股間だ。

「とりあえず、しゃぶってみろよ」

あの、優等生の、貴族の、下級生から慕われるヒューバートの口から出たとは思えない言葉。

「ほら、ボタンはずせよ」

ルイスの手を摑んで自分のズボンの間に押しつけ、同時にもう片方の手で、ルイスの襟元のタイを解(ほど)きはじめる。

そんなことをしながら、ヒューバートの股間がむくりと体積を増したのを布越しに感じ取り、ルイスはふいに、吐き気を覚えた。

「いや、いやだ……！」

ぐいっとヒューバートの身体を押しのけ、よろめくようにベンチから立ち上がる。

「もったいぶるなよ！」

ヒューバートが不機嫌そうに怒鳴りながらルイスの腕を摑んで引き戻そうとするのを、ルイスは必死に振り払った。

「放せ！　僕に触るな！　はなして——」

＊＊＊

「——イス」

肩を摑まれて身体を揺すられ、ルイスはその手を振り払おうと暴れた。

「放せ！」

「ルイス、起きろ、目を覚ませ」

目くらい覚ましている、ほら、とルイスは目を開け――

はっとした。

目の前に、人の姿がある。

だがヒューバートではない。

そしてここは……ヒューバートの家の庭の、ベンチでもない。

ルイスは目の焦点を合わせようと瞬きをし、目尻から耳のほうに涙が伝っていくのを感じた。

もう一度瞬きしたときには、もうわかっていた。

ここは。エバンズの……ドクター・ハクスリーの家。

自分を覗き込み、気遣わしげに眉を寄せているのは、鳶色の髪で細面のヒューバートではなく、黒髪に黒い目の、寝間着姿のエバンズだ。

「大丈夫か？」

ルイスが完全に目覚めたのを悟ったのだろう、肩に置かれていたエバンズの手が、ゆっくりと離れる。

「うなされていた。悪い夢を見たんだろう」

悪い夢。

そう、いまだに時折見てしまう……ヒューバートの豹変の夢。

「僕は……何か、言っていましたか」

自分の育ちがばれてしまうような何かを、口走りはしなかっただろうか。

エバンズは首を横に振った。

「ただ、叫んでた」

言葉にはならない叫びだったのだろうか、それならいいのだが。

エバンズは傍らのティーテーブルに置かれていた水差しからグラスに水を注ぎ、差し出した。

「ほら、とりあえずこれを飲んで落ち着け」

確かに、喉がからからに渇いている。

上体をもぞもぞと起こすと、エバンズがルイスの手に直接触れないように、グラスを渡してくれたのがわかった。

身体に触れられるとヒューバートのことを思い出して身体がすくむ。

ヒューバートがなんとなくスキンシップの多い人だと思っていたのが、実は最初からルイスを性的な目で見ていたのだとわかって、誰かに触れられることが怖くなった。

エバンズは、そういうルイスの「触れられたくない」という感情を、こんなときでもちゃんと尊重してくれている。

水はおいしかった。

「さあ、寝よう」

自然な口調でエバンズが言い、ルイスがもう一度横になるのを見てから、ソファのほうに戻っていく。

その瞬間ルイスは、言うべきことを言っていなかったことに気づき、急いでその背中に声をかけた。

「あの」

「どうした?」

エバンズがゆっくりと振り向く。

「あの……ありがとうございます。起こして、すみません」

ぎこちないルイスの言葉に、エバンズがふっと微笑んだ。

穏やかでやわらかな、いつものエバンズの笑み。

「いや。おやすみ」

「……おやすみなさい」

静かになった部屋で、ルイスは再び眠りに落ちることが怖いような気がしていたのだが、ふと、あることに気づいた。

今……うなされているルイスを起こすときに、エバンズは「ルイス」と呼んだ。

ドクターやルーイはそう呼んでくれるが、エバンズはずっと「バーネット」という呼び方を変えず……それは、学校でそう呼び合う習慣だから、それを保ったままなのだろう。

ルイスも「エバンズ」と呼び続けている。

でも、今エバンズが「ルイス」と呼んでくれたことは、いやじゃなかった。

無理矢理距離を詰めるためではなく……ルイスを起こすために、とっさにファーストネームを使った、という感じだ。

ルイス。

この家にいる間、エバンズが自分をそう呼ぶのなら、自分もエバンズを……まさかサミィとは呼べないが、サミュエルと呼んだほうがいいのだろうか。

いきなり呼び方を変えるのは難しいし気恥ずかしいが、相手が変えたのだからそれに応じるのは、悪いことではないのだろう。

とりとめもなくあれこれ考えているうちに、いつの間にか、先ほどの夢を繰り返すこともなく、ルイスはゆっくりと眠りに落ちていった。

朝起きると、エバンズは何事もなかったように寝床を片づけ、洗面の水を運び、朝食を持ってきてくれた。

ルイスもなんとなく、明るい朝の光の中であらためて礼を言うのも気まずく、昨夜のうちに言っておいてよかった、と思う。

「じゃあバーネット、俺はちょっと出かけてくるから」

朝食の片づけが済むとエバンズはそう言って出ていき……その後ろ姿を見送りながら、ルイスははっと気づいた。

エバンズは今、バーネットと呼んだ。

昨夜、自分のほうも呼び方を変えるべきかと考えたりしていたのに、エバンズはあっさりと呼び方を戻した。

昨夜のあれは、うなされているルイスを起こすための、変則的な呼び方だったのだ。

ということは……自分も、エバンズをサミュエルと呼ぶ必要はない。

ほっとするのと同時に、何かこう……肩すかしにあったような気持ちにもなる。

いや、誰かと親しくなることが苦手だと言ったのはルイスのほうなのだから、ありがたく思うべきなのだ。

ルイスは頭を振って、馬鹿げたことを考え込むのをやめようとした。

幸いルイスの傍らには、「うちの中にあったの、適当に集めてきた」とエバンズが暇つぶし用に置いていってくれた本が数冊ある。

その中の、自然科学の本を手に取り何気なくめくっていると、居間のドアがノックされた。

雑役の少女だろうと思い「どうぞ」と返事をすると、ドアを開けたのは出かけたはずのエバンズだった。

「バーネット、ちょっといいか」

部屋には入らず、入り口のところで尋ねる。

「ちょっと確認したいんだけど、子ども、平気だよな。汚れた子どもを平気で抱き上げてたよな」

なんの話だろうと思ったルイスは、次の瞬間はっと思い出した。

あの、スラムで。

エバンズに助けられたとき、ルイスは若者たちに追われ、パンを抱えて転んだ子どもを抱き上げていたのだ。

どうして今頃、そんな話をするのだろう。

そもそもルイスとエバンズは、互いに、どうしてあんな場所にいたのかという話をしていない。

エバンズのことについていろいろ教えられた会話のときに、ルイスが「親しくなる」ことを拒絶したので、その話にまで行き着かなかった、という感じだ。

実のところ、エバンズがどうしてあんな服装であんなところにいたのか、ルイスには不思議で仕方ない。知りたい、という気持ちもある。

だがエバンズはルイスがどうしてスラムにいたのか尋かないし、ルイスもエバンズに尋ねてしまえば、自分の事情も言わなくてはいけないのが目に見えているから、尋けない。

そう思っていたのに、どうしていきなりそんなことを尋くのだろう。

ルイスが身構えたのがわかったのだろう、エバンズが慌てたように首を振る。

「いや、そうじゃなくて、ちょっとこの午後、子どもを一人預からなくてはいけなくなったんだ。ドクターの患者で、母親はいなくて、父親を入院させないといけなくなって、子どもを預かってくれる人が夕方にならないと家に帰ってこないから」

一度言葉を切り、エバンズが真面目な顔でルイスを見つめる。

「だからその子を、今日の午後だけうちで預かれたらって……もしきみが相手をしてくれると、助かる。おとなしい、いい子だ」

そういうことか。

エバンズはあえてスラムで出会ったときのことは突っ込まず、ただルイスがあまり清潔でない子どもに躊躇いなく触れられる、という部分だけを取り出して、子どもの相手を頼んでいるのだ。

もちろんルイスも、この家でただ厄介になっている自分が何か役に立てることがあるなら、したい。

「大丈夫です」

ルイスが頷くと、さらりとエバンズは言った。

「じゃあ、あとで連れてくるから、頼む。助かるよ」

助かる、という言葉がルイスには嬉しい。

エバンズはばたばたと出ていき、ルイスは待った。

午を過ぎたころ、玄関に足音が聞こえ、エバンズが居間に入ってきた。

その腕に、一人の子どもを抱えている。

三歳くらいの男の子だ。

「ほら坊主、遊んでくれるお兄さんだ」

エバンズはそう言ってその子をルイスが座っていたベッドの端に下ろした。

子どもがルイスを見上げる。

くるくるとした細い茶色の巻き毛の、零れ落ちそうなほどに大きな目をした子だ。

「僕はルイス」

にっこりと笑って話しかける。

「きみはなんていうの？」

子どもはもじもじして、小さな声で言った。

「ディキー」

ディック、ディッキー、そのへんがさらに縮まったのだろう。

「そう、ディキー、じゃあ今日は僕と、ここで遊ぼうね」

ルイスが言うと、ディキーはこっくりと頷く。

その様子を見ていたエバンズが、少しほっとしたように、にっと笑った。

「人見知りする子だけど、大丈夫そうだな。じゃあ、頼む」

そう言って、部屋を出ていく。

子どもは大きな目をぐるりと動かして、部屋の中を見た。

ディキーにとっては珍しいものばかりなのだろう、壁にかかった絵や、暖炉の上の置物や壁紙、敷物などを、ひとつひとつじっと観察している。

その間にルイスも、ディキーを見た。

労働者階級の子どもらしく、着ているものはサイズが大きい古着だが、清潔で破れなどはきちんと繕ってあり、不潔な感じはしない。

襟なしのシャツの上には古い毛織りの襟巻きがぐるぐるに巻かれていて、上着の袖も長すぎないようにちゃんと折り返されていて、誰かがきちんと面倒を見ている感じだ。

気がつくとその手には、くたくたの帽子がぎゅっと握られている。

「上着と襟巻き、取ろうか」

暖炉が焚かれていて部屋が暖かいので、ルイスはそう言った。

ディキーはもじもじしたが、ルイスが襟巻きを解いてやると、大人しくなすがままになっている。

上着と襟巻きを、ルイスはきちんと畳んでディキーの脇に置いてやった。

「それ、なあに?」

その間部屋を見回していたディキーが、ルイスを見上げて尋ねた。

指さしたのは、傍らのティーテーブルに積み重ねてあった本だ。

「せいしょ? いっぱい?」

この子の家には、本といえば聖書くらいしかないのだろう。

この部屋の中で最初に興味を示したのが本だというのは、不思議な気がする。

「これはね、いろいろなことが書いてある本だよ。聖書には神さまのことが書いてあるけど、それ以外のことを書いてある本もいっぱいあるんだ」

ルイスはそう言って、数冊重ねてある中から、植物図鑑を見つけて手に取った。

「これは、草や花の本だね」

そう言って膝の上で広げると、ディキーが覗き込んでくる。

図鑑は、淡い美しい色合いの水彩画がたっぷりと入った、眺めているだけでも楽しいようなものだった。

「はな？」

「そう、花。きれいだね」

何気なく開いたのは、待宵草が紹介されているページだった。

ルイスは花に詳しいわけではないが、待宵草というのは夕方から夜にかけて咲く花、と
いうことはなんとなく知っていた。

その待宵草にも、いろいろな種類があるらしい。

しかしそんなことを説明しても、ディキーには難しすぎるだろう。

ルイスは、家にいたときに小さな弟と本を見ていたことを思い出し、ディキーに尋ねた。

「ディキーはこのページの花の中で、どれが一番好き？」

「ええと、ええと、これ」

黄色い花びらの可愛らしい花を、ディキーが指さす。

ルイスはその花の説明に、さっと目を走らせた。

「これはね……サンドロップ……へえ、お日さまのしずく、きれいな名前だね」

「おひさまの、しずく……？」

「そう、きっとお日さまは、この花が集まってできているんだね。そこから零れた小さな
丸い光が、ひらひら空から降ってきて、この花になるのかもしれない」

デイキーの目が大きく見開かれる。

「おひさま、ふってくるの？　みたい」

「見えるかなあ、人に見られると恥ずかしいから、日が暮れて誰も見ていない隙に、こっそり降ってくるのかもしれないよ」

こんなふうにルイスが勝手な物語を作ると、弟たちは喜んでくれた。

ディキーも楽しそうに聞いてくれるのが、嬉しい。

そうやって図鑑を見ているとまもなく、雑役の少女が昼食を運んできた。

盆には、糖蜜のサンドイッチと、ココアが載っている。

「サミュエルさんが、この子にはこれがいいだろうって……ルイスさんが他のものがよければ、何かお持ちします」

スーという名前の、半年経験が浅いほうの少女だ。

「僕もこれでいいよ」

ルイスはそう言ってから、それだけだと素っ気ない感じがしてつけ足した。

「おいしそうだ、ありがとう、スー」

母が以前、奉公先で名前を呼ばれると人間扱いされている気がする、と言っていたのを思い出したのだ。

スーはぱっと嬉しそうな顔になり、それから恥ずかしそうにちょっと膝を曲げてお辞儀

をして、部屋を出ていく。

ディキーはサンドイッチが載っている盆を、目を丸くして見つめていた。

やわらかい白パンのサンドイッチは中流階級なら気軽な軽食だろうが、労働者階級の子どもにとっては、特別なときにしか食べられないようなごちそうだ。

「お昼だよ、食べようか」

ルイスがそう言うと、ディキーはおずおずとルイスを見る。

「いいの？　ぼくの？」

「そうだよ、一緒に食べようね」

サンドイッチをひとつ渡すと、ディキーはちょっと躊躇ってから、ぱくんと齧りついた。

たちまち瞳が輝き、幸せそうな顔になる。

ルイスは、微笑ましいと思う気持ちと一緒に、痛々しいような、胸が苦しくなるような感覚を覚えた。

ルイスの家でも、父が生きているときにはたまに食べることができたものだが、父が亡くなって母一人の背に生活がのしかかるようになってからは、食べられなかった。

一番下の弟が物心つく前に父は亡くなってしまったから、弟は白パンの、糖蜜のサンドイッチの味など知らないかもしれない。

今はどうしているだろう。

姉たちが働くようになって、少しは生活が楽になっているだろうか。

上の弟はもう十三歳になっているはずだから、働きに出ているのだろうか。

それなのに自分は……と、普段はなるべく考えないようにしている後ろめたさが、心の表面に滲み出てくる。

そのときディキーが「あ」と言ったので、ルイスは我に返った。

たっぷり塗られた糖蜜が、パンの間から零れて指を伝っている。

慌ててとっさにルイスがディキーの手からまだ残っているサンドイッチを摘まみ上げると、ディキーは手を伝う糖蜜を必死に追いかけ、舐め取っている。

拭いてやったりしてはいけないのだ、とルイスにはわかっていた。

手に零れた糖蜜だって、この子にとっては大変なごちそうだ。

舐め終わってから、盆の上に用意されていたナプキンで手を拭ってやり、サンドイッチを返すと、ディキーはぺろりと食べてしまう。

「じゃあ、ココアも飲もう」

陶器のカップを渡してやると、ディキーはそれを両手で持ち、零さないように真剣な顔で口をつける。

サンドイッチはたっぷり用意されていたのでルイスも手を伸ばし、ディキーがもう二切れ食べて満腹そうになったのを見てから、残りを食べる。

食事を終え、また図鑑を見せてやろうかと思ったが、気がつくとディキーは眠そうに目をしばしばさせていた。

「お昼寝、しようか」

ルイスが言うと、こくんと頷く。

ルイスは腰掛けていたベッドの上に、ディキーを寝かせた。

毛布をかけてやったが、ディキーはさすがに見知らぬ家の慣れないベッドで、すぐに眠りに落ちるという感じでもなく、もぞもぞと身体を動かしている。

眠たいのに眠れない、という感じだ。

こういうときには……

ルイスは、自分の喉が、自然に動くのを感じた。

子守歌。

すっかり忘れていたが、幼い弟たちの子守りをしているときに、ルイスは子守歌を歌ってやっていたのだ。

母さんもぐらが、パンケーキをつくる。

夢の中でそれを食べよう。

父さんもぐらが、家を建てる。

夢の中で、その家で遊ぼう。

姉さんもぐらが、花輪をつくる、兄さんもぐらがおもちゃをつくる、ばあちゃんもぐらがシチューを煮込む――

そんなふうに、ゆっくりとどこまでも続いていく歌は、そもそも母が姉に歌っていたものらしく、上の姉が下の姉に、下の姉がルイスにと、順送りに歌い継がれる間に歌詞がつけ加えられていった。

それを自分がまだ覚えていたことに驚きつつ、ルイスはディキーの髪を撫でながら、静かに歌っていた。

ディキーが微笑んだまま目を閉じ、ルイスは声を次第に小さくしていき……ふと人の気配を感じて顔を上げると……

エバンズだ。

居間の入り口の扉に寄りかかるようにして立ち、腕を組み、軽く両脚を交差させて立っている。

ルイスが驚いて一瞬歌をやめると、エバンズが手を振り、続けて、という仕草をした。

慌ててディキーを見ると、小さく身じろぎして眉を寄せている。

まだ完全に眠ってはいないのだ。

ルイスは躊躇いながらも、また歌い始めた。

エバンズがそこで聞いていると思うとなんだか気恥ずかしいのだが、それでも歌を途切れさせたくない。

ディキーの顔だけを見つめながら、弟もぐらがお菓子をわけてくれるところまで歌い、ディキーがすやすやと寝息を立て始めたのがわかったので歌いやめ——

そしてエバンズのほうを見て、はっとした。

エバンズが、切なく眉を寄せ、どこか泣きそうな顔をしている。

どうしたのだろう。

ルイスと目が合うと、エバンズは照れくさそうに微笑んだが、その瞳がわずかに潤んでいるのがわかった。

戸惑うルイスに軽く頷き、そのまま扉の側を離れ、部屋を出ていく。

エバンズもあんな顔をするのだ、とルイスは驚いていた。

すべてに恵まれているように見えるエバンズなのに、何か切ない、悲しい思い出でもあるのだろうか。

親を亡くしているようだから、何かそういう……母親にまつわる思い出だろうか。

人はそれぞれ、浅いつき合いでは想像もできない何かを、隠し持っている。

ヒューバートは、優しく大人びた態度の裏に、傲慢で差別的なものを隠していて、それがルイスの胸を切り裂いた。

だがエバンズが隠し持っているのは、そういういやな面ではない、何か切ない想い(おも)いのようなものだと感じる。

そしてその瞬間、エバンズはヒューバートとは違うのだという、本当に基本的で当たり前のことを、ルイスは頭ではなく心で理解したように感じた。

笑みが似ているから、面倒見のいい上級生だから、貴族の家系らしいから、という共通点だけでヒューバートと似ていると思い込み、ルイスは勝手に反感を抱いていた。

だがこの家の様子を見るだけで、エバンズにはヒューバートが持っていたような特権階級の傲慢さはなく、他人の痛みを想像し、思いやれる人間だとわかる。

むしろ、勝手な思い込みでエバンズに反感を持っていた自分の態度のほうが、ひどいものだった。

それなのにエバンズは、そんなルイスに手を差し伸べることをやめない。

どうしてそんなに、寛容になれるのだろう。

エバンズというのは、どういう人間なのだろう。

ディキーの寝顔を見ながら、ルイスはそんなことを考え続けていた。

ディキーが熟睡している間に、ルーイが帰ってきて居間に入ってきた。

「よく寝てるね、大変だったたんじゃない?」

小声で尋ねる。

ディキーはぴくりともしない。

「いいえ」

ルイスも小声で答えて首を振った。

「いい子でしたよ」

「すごく人見知りする子なんだけど、きみなら大丈夫、任せられるってサミィが言ってたから。本当にありがとうね」

そう言ってルーイは、ディキーの身体を少し起こした。

「この子の面倒を見てくれる隣人が帰ってきたから、眠っているうちに連れていくね」

起きて、またばたばたと別の場所に連れていかれるより、熟睡している間に移動したほうがいいのだろう。

隣人の家ならば、寝ている間にまったく知らない場所に連れてこられたというような混乱もないだろうし……むしろルイスとここで過ごした時間のほうを、夢でも見ていたと思うかもしれない。

ルイスは少し寂しく思いながらも頷き、傍らにあった上着と襟巻きをルーイに渡すと、ルーイが慣れた手つきでディキーをくるむ。

そのままルーイがディキーを抱いて静かに部屋を出ていくと、ルイスはふうっとため息をついた。

ディキーに見せていた、開いたままの図鑑が目に入る。

待宵草。

お日さまのしずく。

たまたま開いたページだったのだが、ルイスはその花を好ましい、と思った。

恥ずかしがり屋なので誰も見ていない隙に降ってきて咲く、というのはとっさに思いついた作り話だが、本当にそういう、控えめだが人の心を明るくする花だという気がする。

ディキーはこの花のことも、ルイスの作り話も忘れてしまうだろうか。

誰が話してくれたかは忘れてしまっても、この花のことは好きでいてほしい、と思ったとき……

居間の扉がノックされた。

顔を上げると、開いたままの扉の脇にエバンズが立って、扉を叩いたのだとわかった。

「お疲れさま、助かったよ」

そう言ってから、わずかに躊躇う。

「ちょっと……いいか？」

親しくなりたくない、余計な会話をしたくないというルイスの言葉を、エバンズはこうやって尊重してくれている。

ルイスは急に自分が恥ずかしくなった。

「どうぞ、あの」

唇を噛み、それから思い切ってエバンズの顔を正面から見て、言った。

「僕、失礼な態度を取りました。ごめんなさい」

エバンズは驚いたように眉を上げながらも、ゆっくりと部屋に足を踏み入れ、自分が寝床にしているソファに座る。

「どうした、何かあった？」

エバンズにしてみたら、ルイスの態度が豹変したように見えるだろう。

「……僕、たぶん、あなたを誤解していた……というか、知りもしないで決めつけていたんだなと思って」

ルイスはゆっくりと言った。

「失礼な態度を取りました。それなのにあなたは……ルーイさんに、ディキーのことを僕にならなら任せられると言ってくださったんですね」

「ああ……いや」

エバンズは少し照れたように頭を掻いた。

「俺のほうも、遠慮なく距離を詰めすぎたと思う。きみは何か辛いことがあって、他人と距離を置きたいと思っていたんだろうに。でも」

ふ、と目を細める。

「ディキーのことは……あのスラムで、汚れた子どもを助けて抱き上げた様子を見ていたから、なんというか、偏見はないし、子どもも好きだということがわかったから」

偏見がないのはエバンズのほうだ、とルイスは思った。

それはドクターもルーイも……この家の住人、みんなだ。

ドクターも、服装や雰囲気から言って金持ちの家庭の主治医をしていてもよさそうなのに、ディキーの父親のような労働者階級の面倒を見ている。

そういう家で育ったエバンズだから、その偏見のなさは見せかけではない本物だ。

ルイスにも、それはわかる。

そしてルイス自身のことを言うなら……自分自身がディキーのような子どもだったのだし、弟たちもそうだったのだから、偏見など持ちようがない。

そのことを……エバンズになら、打ち明けても大丈夫だろうか。

しかしまだルイスには、その勇気がない。

するとエバンズが、軽く咳払い(せきばら)いして、口調を変えた。

「あの、子守歌だけど」

「え、あ」

先ほどの……扉に凭(もた)れてルイスの歌を聴いていたエバンズの、切なそうに目を潤ませた顔を思い出し、ルイスの胸がどきんと跳ねた。

あの子守歌がどうかしたのだろうか、と思っているルイスに、エバンズが思い切ったように言った。

「もう一度聴きたいんだけど……ちょっと、歌ってみてくれないか」

「え」

歌う……ここで、……エバンズの前で、エバンズしかいない場所で？

「でも……あまり上手じゃ……」

実際、ルイスは特に驚くほどの美声だとか、歌がうまいとか、そういうわけではない。

弟たちに子守歌を歌った以外に、人前で歌うような機会もなかった。

だがエバンズは真面目な顔で首を振る。

「ただ、きみが歌ったあの歌を……もう一度聴きたいんだ。だめかな」

そうまで言うなら、持ったいぶるほどのものではない。

しかし、エバンズを寝かしつけるわけではないので、エバンズを見ながら歌うのもなんだか気恥ずかしく、ルイスは少し俯き……そして、歌い始めた。

母さんもぐらが、パンケーキをつくる。

夢の中でそれを食べよう。

父さんもぐらが、家を建てる。

夢の中で、その家で遊ぼう……

最初は、エバンズがどんな顔をしてこんな子守歌を聴いているのか、何番まで歌えばいいのかと躊躇いながらだったが、次第に、先ほどのディキーの寝顔、そして弟たちの寝顔を思い出し、目の前にエバンズがいるという意識が薄れていき……

おじさんもぐらが靴をくれた、という自分で作った最後の歌詞まで辿り着いてしまって、ルイスは歌うのをやめた。

エバンズは無言だ。

ルイスはおそるおそる顔を上げ……ぎょっとした。

エバンズの頬に、涙が伝っている。

「あ、あの」

「ああ、ごめん」

エバンズも、自分が頬を濡らしていることに今気づいた様子で、慌てたように手の甲で頬を乱暴に拭う。

「……それは、バーネットのお母さんが歌ってくれた歌なのか？」

「ええ……」

ルイスは頷いた。

「もしかしてエバンズも、この歌を知っているんですか？」

「いや、はじめて聞いたんだが」

エバンズは唇の端を上げたが、それは切ない笑みに見えた。

「すごく……なんていうか、きみの歌い方が……ここに、来る」

そう言って胸の辺りを掌で押さえる。

胸に沁(し)みる、響く、ということなのだろうか。

それからエバンズは、ふと思いついたように尋いた。

「もしかして、母さん鴨(かも)と子鴨の歌は知っている?」

ルイスは首を傾げる。

「さあ、それは……でも、同じ曲に違う歌詞がついていることもあるみたいなので……どんな曲ですか?」

ルイスとしては、出だしのあたりでも軽く歌ってくれればわかるかもしれないと思って尋ねたのだが、エバンズは一瞬固まったように見えた。

「え……う」

真剣な顔になり、それから思い切ったように息を吸い、歌いだすのかと思ったら……次の瞬間には大きく息を吐き出してしまう。

「いや、歌えないんだ、ごめん」

歌えないというのは……よく覚えていない、ということだろうか。

しかしエバンズはばつが悪そうに小さく笑った。

「でもきみが歌うなら、さっきのもぐらの歌のほうがずっといい。それはきみのお母さんが歌った歌なんだろうから……きみにとって特別なものなんだろう。そういう歌があるのは、いいいな」

ルイスははっとした。

あえて軽い口調で言っているように見えるが、その裏に何か隠しきれない、寂しく切ないものが、ある。

エバンズは確か、物心ついたときからドクターとルーイが家族だったと言っていた。

母親の記憶はない、ということなのだろうか。

でも、母が歌ってくれた子守歌の記憶はおぼろにある、ということなのだろうか。

ルイスはふいに、それを知りたい、と思った。

エバンズの境遇……両親がどういう人で、どういういきさつで血縁ではないドクターに引き取られて育ったのか。

エバンズという人間が、貴族の血筋の恵まれた境遇のお坊ちゃんでないらしいことはわかったが、何か深い事情があるのだとしたら、それはどういうものなのだろう。

だが……それを尋くのは躊躇われる。

ルイス自身、まだエバンズに自分が下町育ちで、裕福な叔父にただ一人引き取られ、家族と縁を切っていることを話す勇気はない。

そして、自分が話したくない個人的な事情を、相手にだけ尋ねるのも間違っている。

ただ、これまでは自分の辛い思いは誰にも理解されないと思っていたけれど、エバンズにはエバンズの、何か計り知れない辛さがあるのかもしれない、ということはわかるような気がする。

……この人と、もっとちゃんとわかり合いたい。

だがルイスはそれを、自分のほうから拒絶してしまったのだから、今さらどういうふうに歩み寄ればいいのかわからない。

すると……エバンズがルイスを見つめ、言った。

「もう一度聴きたいな」

先ほどよりも瞳のいろがやわらかくなっている。

ちょっと気恥ずかしい感じもあるが、エバンズがそんなに気に入ったというのなら、断る理由などない。

ルイスは静かに歌い始め、エバンズは目を閉じた。

歌い続けていると……エバンズの顔がゆっくりと綻(ほころ)び、ディキーのような、弟たちのような、どこかあどけない幸せそうな笑顔に変わっていく。

それを見た瞬間、ルイスの胸に何か熱いものが溢れた。

もしかしたら……自分のつたない子守歌に、エバンズの心の空洞のようなものを満たす何かがあるのだろうか。

だとしたら、嬉しい。

ルイス自身の不器用さのせいで縮めたくてもそれができないエバンズとの距離を、この子守歌が代わって縮めてくれるなら。

そんな思いでルイスは歌い続け……気がつくとエバンズは、ソファに凭れて眠り込んでいた。


翌日には足首の腫れはほぼ引き、ゆっくり慎重にであれば歩いてもいいというドクターの許可が出た。

ドクターが市中の叔父の会社に使いを出したところ、翌朝、叔父が馬車で迎えに来ることになったと知らされ、ルイスは驚いた。

叔父が自分で、わざわざやってくるというのか。

まさかルイスを心配して、ということではないだろう。外聞とか体面とか、そういうことか。

そしてルイスは、ほんの数日世話になったこの家を去るのが名残惜しいような気がしている自分にも驚いていた。

エバンズには子守歌を一度歌ったきり、また歌ってくれと頼まれることもなく、会話が増えたわけでもない。

だが……ルイスがエバンズを見る目が変わったからだろうか、視線が合ったときにエバンズが目を細めたり頷いたりというちょっとした反応が、なんとなく親しみを増したような気がしないでもない。

たぶん……もう少し時間があれば、ルイスのほうから思い切って距離を詰めるような会話をすることもできたのかもしれないが、時間切れだ。

最後の夜は、これまで別々に食事をしていたドクターとルーイも一緒に、食事室で夕食を摂ることになった。

「お別れの晩餐なのに、こんなもので申し訳ないけど……」

ルーイがそう言うが、大皿の中央に羊の塊肉が置かれ、周囲にオーブンで焼いた野菜が盛られている料理は、ルイスの実家と比べても、学校の食事と比べても、かなり贅沢なものだと思う。

ドクターが器用に塊肉を切り分けてくれ、ルーイの特製だというソースがかけられる。

肉汁とバターに果実で風味をつけたらしい、少し酸味のあるソースは驚くほどおいしい。

ドクターの助手と言いながら、叔父の家のコックよりもおいしいものが作れる、ルーイというのは不思議な人だ、とルイスは思った。

「ようやく帰れるようになってよかったね」

ルーイがあらためてそう言ってくれる。

「本当にお世話になりました」

ルイスは頭を下げた。

「居間を占領してしまって、不自由をおかけしてしまって……」

「そんなことはない、ルイス」

ドクターが微笑む。

「うちには時々そういうお客があるんだよ。入院するほどではないが、家では面倒を見られない患者を数日預かるんだ。私の考えでやっていることに、ルーイやサミィが協力してくれてね、今回はたまたまそれが、サミィの学友だったというだけのことだ」

「そうそう」

ルーイも微笑んで頷く。

「ルイスは、子守りもしてくれて助かったし、スーとベッシーにも親切に接してくれたので嬉しかった」

「そんな、何も……」

ルイスは戸惑ったが、ルーイが首を振る。

「あの子たちにとっては、怒鳴られない、お礼を言われる、名前を呼ばれる、それだけのことが本当に大切な経験なんだ。きみは素晴らしいお客だった。いっそ年越しもうちでしてもらいたかったくらい」

「ルーイ」

エバンズが口を挟んだ。

「それは、足の治りがもっと長引けばよかったって話になっちゃう」

「ああ、そうか」

ルーイがかろやかな笑い声をたてた。

ああ、ドクターはそんな二人を、優しく目を細めて見つめている。

ルイスにとっては、永久に失われてしまった温かい家族というものが、ここにある。

血縁はないという三人だが、本物の、温かい、優しい家族なのだ。

食事を終えると、ドクターは「早めに失礼するよ、昨夜は患者のところで徹夜だったから」と言って食事室を出ていき、ルーイもその後を追う。

エバンズと二人で残され、何か自分から会話を……と思いながら糸口を見つけられずにいると、エバンズが立ち上がった。

「テラスに出ないか？　今夜はそんなに寒くないから」

いた。

救われたような思いでルイスも立ち上がり、足首に負担をかけないようにゆっくりと歩いてテラスに出ると、エバンズが椅子を二つ、少し距離を離して庭のほうに向けて並べていた。

座ったルイスに毛布を差し出してくれる。

月明かりに鈍く照らされている庭は、今は冬でも葉をつけている植物ばかりだが、きちんと手入れがされていて、季節ごとの花が咲くのだろうと想像がつく。

「待宵草はあるのかな」

「待宵草？」

エバンズが問い返したので、ルイスは考えただけのはずだったことを、声に出してしまったことに気づいた。

「あ、いえ、図鑑の……サンドロップっていう花が可愛らしくて」

「ああ、あの花」

エバンズが微笑んだ。

「黄色い、丸い花びらの。夏になったらこの庭にも咲くよ。あれは俺も好きだな……名前もいい。太陽から零れた花びらがこっそり咲いてる感じで」

ルイスは驚いてエバンズを見た。

「はい」

同じ……自分がディキーに語ったのと、同じことを言っている。

いや、もしかしたらあの花を見ると、たいていの人が想像する程度のことなのかもしれないが、それでも表現の仕方が、とてもよく似ている。

ルイスがまじまじとエバンズを見つめる視線をどう受け取ったのか、エバンズが照れくさそうに笑った。

「子どもっぽい考えかもしれないけど、でも……考えてみるとあの花は、バーネットと似ているかもしれない」

「え」

ルイスは目を丸くした。

あの花が自分と似ている……さすがにそれは、ルイスが考えてもいなかったことだ。

「ど、どういう意味……」

「いや、なんていうか……普段はあまり意識されない花なんだけど、よく見ると内側から光が零れているみたいな、弱々しく見えるのに凛としているというか……ああ、ごめん、変な表現だな、気を悪くしたら謝る」

ルイスは首を横に振った。

気を悪くなどしない……目立たないけれど、内側から光が溢れて、弱々しく見えるのに凛としている、というのは、素晴らしい褒め言葉だ。

エバンズの目に自分がそう見えているのなら嬉しい。

もちろん自分がそんな表現に値するとは思えないけれど……

「そうありたい、そうなれれば、と思う姿です」

思わずルイスはそう言った。

日陰でいじけてしおれている花ではなく、目立たない場所でも、自分に誇りと自信を持って、凛として咲いていられたら。

エバンズの言葉が嬉しい、と言おうとしたとき。

エバンズがはっと何かに気付いたように視線を空に泳がせた。

何か、不審な音でもしたのだろうか。

思わずルイスも耳をそばだてると……

聴こえたのは、かすかな歌声だった。

細く優しい、美しい声。

一瞬女性の声かと思ったが、そうではなく、少し高い男性の声のようだ。

ルイスはうっとりしてその声に聞き入った。

声が光っている、と言ったらおかしいだろうか。音の輪郭に星粒をまぶしたような、それでいて少しも尖(とが)っていない、優しくやわらかな声。

美しい旋律は聴いたことのないものだが、どちらかというと単純な……子守歌のような、心を穏やかに安らがせてくれるものだ。

どこから聞こえてくるのだろう。

周囲の家のどこかからかだろうか、と耳を澄ませ……ルイスはそれが、家の中からだと気づいた。

窓から庭を経由して、テラスに届いているらしい。

そしてこれは、ルーイの声だ。

ああ、そうだ、あの人の声だとすると納得がいく。

だがこれは、ただの素人の歌声ではない、人の心に届く特別な歌声だ。

人前で歌ったら大勢を感動させるような歌声を持った人が、どうして医者の助手などをしているのだろう。

そして子どものいないこの家で、誰に向かって……または、誰を想って、歌っているのだろう。

ルーイのこの歌声を聞くと、エバンズがルイスの歌を褒めてくれたのは何か、お世辞のようなものだったのかとさえ思えてくる。

思わずエバンズのほうを見て、ルイスはどきっとした。

エバンズが、耳に届くそのかすかな声を逃すまいとするように、わずかに首を傾げ……その顔には、相反する不思議な表情が浮かんでいる。

陶酔するような幸福感と、胸を絞られるような切なさが、入り交じったような。

ルイスの歌を聴いているときにも、似た表情を浮かべていたが……もっと切ない。

ルイスの胸がぎゅっと痛くなった。

その切なさは自分も知っている種類のものだ、という気がしたのだ。

過ぎ去った幸福な子ども時代の、優しい思い出。

今は手が届かなくなってしまった思い出。

決して今が不幸というわけではなくても、戻ることができない子ども時代の幸福を惜しむ気持ちは誰にでもあるのだろう。

だがどうしてか、エバンズの切なさと自分の切なさは、似ている気がする。

心の中にある空洞のようなものの、かたちが似ているような。

次の瞬間……ルイスは無意識に、エバンズのほうに手を伸ばしていた。

椅子の位置は近く、肘乗せの上のエバンズの手は簡単に届く距離で……そのエバンズの手の甲に、気がついたらそっと自分の手を乗せていたのだ。

男らしい骨の太い大きな手は外気の中で冷たい。

それを感じた瞬間、ルイスは自分からエバンズに触れたことに気づいてぎくりとしたが、エバンズはただ、じっとして空を見たままだ。

慌てて引っ込めるのもかえって変な気がして、ルイスはそのままエバンズの手に自分の手を重ねていた。

静かなテラスで、月明かりの下、身じろぎもしないでいると……歌声はやがて静かに消えていった。

エバンズが夢から覚めたようにはっと身じろぎし、それから、今気づいたというように自分の手に重ねられたルイスの手に視線をやる。

「あ、あの」

慌てて手を引っ込め、言い訳を探しているルイスに、エバンズはふっと微笑み——

「ありがとう、ルイス」

そう、静かに、そして優しく……温かい声で、言った。

ありがとう。

ルイス。

礼を言われるようなことをしたつもりではなく……ただ自分の中に湧き上がった衝動からしてしまっただけなのに。

それに……バーネットはなく、ルイスと呼んでくれた。

ルイスの頬にかっと血が上った。

その、頬が熱くなる意味もよくわからずどぎまぎしていると、エバンズがすっと立ち上がる。

「冷えてきただろう、そろそろ入ろう」

そう言ってすっと手を差し出してくれ……ルイスは一瞬躊躇ったが、その手に摑まることがいやではない、と感じた。

そっと自分の手を差し出すと、今度はエバンズの手がしっかりとルイスの手を握り、引っ張って立ち上がらせてくれる。

そのまま居間まで、エバンズは無言でルイスの腕を支えてくれた。

ベッドにルイスを座らせる、エバンズ自身もソファに向かって歩み、横になる。

「……おやすみ」

エバンズが静かに言って……

「おやすみなさい」

サミュエル、とつけ加えたい衝動に駆られたが、気恥ずかしさが勝ってしまって喉が塞がる。

灯りが消されてからも、掌に、エバンズの手の感触がいつまでも残っているような気がして落ち着かない。

明日、起きたら……サミュエルと呼んでみよう。

そう決意すると、なんだか胸が浮き立つような不思議な気持ちになる。

それでも眠りは静かに忍び寄ってきて、ルイスはエバンズの手の感触を拳の中に握り締めるようにしながら目を閉じていた。

「いやあ、本当に、ご面倒をおかけして」

玄関先に聞こえてきた大声に、ルイスはぎくりとした。

叔父の声だ。

朝目を覚ましたらエバンズが寝ていたソファはすでに空で、スーとベッシーが洗面用の水を運んできてくれ、身支度をなんとか調えたところだったのだ。

ルイスがここに運び込まれたときに着ていた制服の上着は、きれいにブラシがけされて汚れが落とされ、破れたところも外からではまったくわからないよう、きれいに繕われてあった。

その上着を羽織ったところで聞こえてきた、叔父の声だ。

ルイスを迎えに来たのだろうが……他人の家を訪問するには時間が早すぎる。

「こちらに余裕があれば、お宅までお送りできたのですが、わざわざすみません」

ドクターが応対しているのが聞こえる。

「いやいやいや、お忙しい身でいらっしゃることは存じております。不肖の甥がご面倒をおかけすることになって、恥じ入る思いです」

叔父の大げさな物言い声が、家中にわんわんと響いているようだ。

「ではどうぞ」

ドクターの声とともに居間の扉が開き、叔父が姿を現したのでルイスは慌てて立ち上がった。

叔父は皺ひとつないモーニングを着て、髭の端を捻り上げた、ずいぶんと気張った格好で、まるで社交的な訪問をしに来たようだ。

続いて入ってきたドクターとルーイが普段着のラウンジジャケット姿なのとは対照的に見える。

「おお、ルイス」

顔を見た瞬間に怒られるのではないかと思ったのに、驚いたことに叔父は上機嫌の笑顔だった。

「ひどい目に遭ったな……いや、熱と怪我のことだが、ハクスリー家で助けてくださったことは不幸中の幸いだった」

「……ご心配を、おかけしました」

ルイスはなんと言っていいのかわからず、とりあえずそう言って頭を下げる。

「お迎えがこんなに早いとは思わず、朝食もまだなのですが」

ルーイが控えめに叔父にそう言うと、叔父は大げさに顔の前で両手を振った。

「いやいやいや、これ以上のご面倒はかけられません、すぐに連れて帰ります」

そう言ってから、上目遣いでドクターを見る。

「それで、今回の治療費やらお世話になったお礼などは、いかほど差し上げればよろしいものでしょうな」

ルイスは顔が赤くなるのを覚えた。

ドクターやエバンズと、ルイスの間で、費用のことなどはまったく話題にならなかった。

ルイスの面倒を見てくれたのはあくまでも厚意であり……礼をするにしても、いきなり金額の話などするものではなく、どういうかたちですればいいのかをさりげなく尋ねるべきだというのは、ルイスにもわかる。

ドクターやルイスが、対応に困るのではないかといたたまれなくなる。

しかしドクターは穏やかに微笑んだ。

「彼をお預かりしたのは、サミュエルの学友というご縁からですので、費用をいただくつもりはないのですが、もし何かお気持ちがおありでしたら、私が関わっている慈善団体に、ご寄付などちょうだいできれば嬉しいですね」

「おお！　そういうことでしたら、もちろん！　今ここで小切手を？」

今にも胸元から小切手帳を取り出しそうなのを、ドクターがやわらかく仕草で止める。

「いえいえ、後日、落ち着いてからで結構です」

ルイスは、叔父の言動に何か不自然なものがある、と感じた。

資産家ではあるが、普段は必要な出費すら惜しみ、ルイスの教育費用も「いずれ恩返ししてもらわなくてはならない」と恩着せがましく繰り返す叔父らしくない。

「ルイス」

ルーイがルイスの傍らに来て、手を差し伸べた。

「立てる？　馬車まで手伝うね」

「……ありがとうございます」

そういえば、ルーイの手に触れられるのは、最初からいやでもなく怖くもなかった、と思いながらルイスは立ち上がり……部屋を見回した。

エバンズはどこにいるのだろう。

ルーイがすぐにルイスの視線の意味に気づいたらしく、

「サミィは用事で出かけているんだ、間に合うように戻れるはずだったんだけど」

言外に、叔父の迎えが想像以上に早かったのだと教えてくれる。

それでは……エバンズには会わずに、ここを去るのだ。

だとしたら次に会うのは、学校でだろう。

監督生と、下級生として……個人的な接点など持つ機会があるかどうかかわからない。

もちろん、ファーストネームで呼び合うこともない。

もう少し……時間があれば。

これまでの自分の失礼な態度を詫び、もしエバンズが許してくれるなら、親しくなる機会をもらえないか、と言えたのに。

いや、機会を逃したのなら、自分で作るべきだ。

学校生活の中で、上級生と下級生として、きちんとエバンズに向き合うくらいの心構えでいなくては。

「では……エバンズに、よろしく伝えてください」

ルイスがそう言うと、ルーイが頷く。

家の外には、貸し馬車が停まっていた。

馬車の費用を惜しむ叔父はいつも辻馬車を使うのだが、これは一段、ランクの高い出費だという感じがする。

ドクターとも別れの握手を交わし、ルイスは馬車に乗り込んだ。

叔父が後から向かい側に乗り込み、御者に合図をすると、馬車が動きだす。

「よくやった」

二人きりになると、叔父は突然ルイスに向かってそう言った。

「ハクスリー家と近づきになるとは、お前としては上出来だ！」

「え……」

どういう意味だろう。

あのドクターと近づきになると、叔父にとって何か得なことがあるのだろうか、と思っていると……

「何しろ、あの医者と懇意になれれば、ハクスリー伯爵家にも近づけるってことだからな。あの医者、あんな暮らしをしている変人だが、伯爵家はかなりの名家だし、財産も人脈も素晴らしいものだ。当代の伯爵に変わり者の弟がいるという話は聞いていたが、兄弟仲はいいらしいから、あの医者と関係を持っておけばいずれ伯爵家にも伝手ができるだろう」

叔父は上機嫌でべらべらと喋り……

ルイスは「あ」と声をあげそうになった。

――そういうことか！

ドクターが、伯爵家の出なのだ。

だから、あのドクターの「家族」であるエバンズも、伯爵家と関係がある、と……学校で聞いたのは、そういう話だったのだ……！

「ハクスリー家の領地では、上質な羊毛が取れるのだ。我が社も次は毛織物に手を広げたいと思っていた。綿プリントは所詮貧乏人相手の商売だからな。伯爵家印の羊毛を扱えれば特別感も出せて、金持ちの顧客を摑みやすいだろう。こりゃ、さっき言われた寄付を多少弾む甲斐もあるだろうよ」

叔父は嬉しそうに言葉を続けている。

「あのエバンズという若造も、レイモンド家で会ったときはどこの馬の骨かと思ったが、あれが変人の医者が引き取って育てているという噂の孤児なら、お前もたいしたもんだ。このまま繋がりを保って、できるだけ親しくなるんだぞ」

なんということだろう。

ルイスはまったくそんなつもりがなかったのに、叔父にとって有益な人脈を作る手助けをしてしまったのだ。

そもそも叔父がルイスを寄宿学校に入れ、ゆくゆくは大学に進学させてくれるのも、そういう……事業に有益な「人脈」と「伝手」を作らせるためだった。

まんまとその思惑に乗ってしまったのだ。

いや、本当なら叔父の相続人、事業の後継者として、それは自分から進んで求めるべきことなのだろう。

だが……エバンズとの関係はルイスにとって微妙なもので、これから学校に戻ってどういう関係を築けるだろうか、と思っているところなのに……そこへ叔父の思惑が絡んできたら、まるで下心があるようになってしまう。

今からエバンズと親しくなって……同時に叔父が伯爵家に近寄ったら、ルイス自身にも下心があると思われてしまいそうだ。

叔父の上機嫌と裏腹に、ルイスの心は重く沈んでいくばかりだった。

気がつくと年が明けていた。

クリスマスは熱で寝込んだまま過ぎてしまったし、年越しも叔父の家では特に何もしないので、ぼんやりと過ぎていってしまう。

今年は暦の関係で冬期休暇が長く、まだ一週間ほどはあるのだが、逆に考えればあと一週間で学校に戻らなくてはいけないということで、ルイスは気持ちが晴れずにいた。

以前なら、叔父の家にいるよりも学校の寮のほうがずっと気楽だったのに。

足が治りきらないこともあって叔父はルイスを社交に引っ張り出すのを諦めたので、ルイスは自分の部屋に籠もって、気を紛らわすために勉強をしていた。

そこへ、扉がノックされた。

「はい」

返事をすると、客間女中が扉を開ける。

「若さま、お客さまがお見えでございます」

叔父はまるで貴族の家のように、使用人にルイスのことを「若さま」とたいそうな呼び方で呼ばせるのだが、いつまでたっても慣れるものではない。

「叔父さまはお出かけだと言ったの？」

自分に客などあるはずがないので、叔父への客だとばかり思ってルイスがそう尋ねると、客間女中は首を振った。

「いいえ、あの、若さまへのお客さまです。エバンズさまとおっしゃいました」

エバンズが。

ルイスは思わず椅子から立ち上がっていた。

一瞬、自分でも意外なほど気持ちが浮き上がったが、次の瞬間不安に変わる。

エバンズがどうして、わざわざ訪ねてきたのだろう。

客間女中にそれを尋いてもわかるものではないので、ルイスはなんとか落ち着こうとした。

「すぐ行きます……居間へ」

ルイスがそう言うと、客間女中は頭を下げて扉を閉める。

ルイスは深呼吸をして心臓が走るのを抑えながら、ジャケットを羽織り、髪を撫でつけた。

学校がはじまったらどういう顔をして、どういう態度でエバンズと接しようかと悩んでいる最中だったのに、不意打ちだ。

だが同時に、エバンズのほうから会いに来てくれて嬉しい、という気持ちもある。

足を心配してくれてのことだろうか。

でも、叔父の思惑のことを考えると……よりによってこの、エバンズに対して下心のある叔父の家で、どういう顔で彼を迎えればいいのだろう。

あれこれ考えながら部屋を出て、階段を下り、一階にある居間に向かう。

「……お待たせしました」

そう言いながら部屋に入ると、窓際に立って庭を眺めていたらしいエバンズが振り向いた。

逆光で、そのすらりとして男らしい体格が際立って見える。

「やあ」

そう言って一歩こちらに歩み寄ったエバンズの顔が、優しく、そして少し照れたような笑みを浮かべているのがわかり、ルイスの胸がどきんと跳ねた。

こうやって見るとヒューバートの笑みとはまるで違うのに……そして人間としても、ヒューバートとはまるで違うのに、勝手な思い込みで「似ている」と決めつけていた。

だがエバンズの包容力のある優しさは、上辺だけではない本物だと、今のルイスにはちゃんとわかる。

そして、ほんの数日前まで一緒にいたエバンズに、またこうして会えて嬉しい、と……素直に認めることができる。

「あの……わざわざ、お越しいただいて……」

自分の家に客など迎えたことがないルイスは、口ごもった。

こういうとき、なんと言うべきなのだろう。

「いや……足はどう？」

エバンズがそう尋いてくれる。

「もうほとんど……走ったりしなければ。あの」

ようやくルイスは言うべきことを思い出した。

「お礼も言えないままで……本当に、ありがとうございました」

「いや」

エバンズが首を振る。

そして……軽い、沈黙が下りた。

気まずいのとは少し違う、気恥ずかしいような沈黙。

エバンズは何か用事があって来たのだろうか、それをあちらから切り出さないのならこちらから尋ねてみるべきなのだろうか。

ルイスは思い切って口を開いた。

「あの、今日はどうしてわざわざ」

「え？」

エバンズが不思議そうに眉を上げる。

「きみから……お招きがあったから」

「いえ、僕は」

ルイスは驚いて首を振り……はっとした。

叔父だ。

叔父が勝手に、エバンズを招いたのだ。

エバンズも、ルイスの様子を見て気づいたらしい。

「ああ……もしかして、きみじゃなくて……」

ルイスは恥ずかしさに、頬が熱くなった。

叔父のことだから「甥が会いたがっているのでぜひ訪ねてほしい」とかなんとかいう使いを出したに違いない。

叔父はなんとしてもルイスとエバンズを親しいつき合いにさせたいのだ。

自分の事業の伝手のために。

そして、ルイスに礼の訪問をさせるならまだしも、エバンズを勝手に呼びつけるような真似をしたのだ。

――だめだ。

叔父の思惑になど、乗ってはいけない。

これでルイスとエバンズが親しくなったら、叔父はエバンズをついて忙しいドクターを食事に招くとか、ハクスリー伯爵家に紹介してほしいと頼み込むとか、すぐに要求がエスカレートしていくに決まっている。

そんな迷惑を、エバンズにも、ドクターにもかけるわけにはいかない。

だとしたら。

ルイスは唇を噛んで俯き……それから、きっと顔を上げた。

「すみません、叔父は何か勘違いしたんだと思います」

「……勘違い？」

エバンズが訝しげに尋き返し、ルイスは頷いた。

「ええ、勘違いです。僕があなたと、親しい友人関係だと思い込んだんです。全然そんなんじゃないのに……あなたはただの同じ学校の上級生で、親しくなろうなんて思ってもいなかったのに、成り行きでお世話になったものだから」

強い口調でまくしたてるように言ってしまい、そしてルイスははっと口をつぐんだ。

エバンズの頬がぴくりと引きつり……そしてすうっと、表情が消える。

「……ああ、そういうことか」

低く抑えた声。

そしてその瞳に、痛みに似たものが一瞬だけ浮かんだのを、ルイスは見逃さなかった。

傷つけた。

自分の言葉で、エバンズを傷つけてしまった。

親しくなるつもりはない、と強調しすぎて……エバンズを傷つけてしまったのだ。

「あ、あの」

「わかった」

ルイスが言い訳しようとしたのを静かにエバンズが遮る。

「俺のほうでも勘違いをしていたようだ。きみが迷惑しているのに、勝手にぐいぐい厚意の押し売りをしたんだな。申し訳なかった」

「そ……」

エバンズが謝るべきではない、エバンズが謝ってはいけない。

しかしエバンズは、ルイスの言葉をそれ以上聞くつもりはない、というように言葉を重ねる。

「それでは失礼するよ。叔父上にもお詫び申し上げてくれ」

そのままルイスの横を通り過ぎ、部屋を出て玄関ホールに向かう。

「エバンズ!」

ルイスは慌てて後を追ったが、エバンズは振り向くこともせず、自分で玄関の扉を開けて出ていってしまった。

その背中に完全に拒絶されたことを感じて、ルイスはそれ以上後を追えなかった。

そこへ客間女中が茶を運んできたので、ルイスは首を振った。

「もうお帰りだから……」

そう言ってから、つけ加える。

「ありがとう、手間をかけさせてごめんね……メアリ」

なんとか名前を思い出してそう言うと、いつも叔父から怒鳴られている客間女中は目を丸くして絶句した。

いきなり名前など呼んで驚かせてしまった……この家ではこういう振る舞いはやはり、使用人にとっても異質なことだったのだろうか。

ルイスは、付け焼き刃でハクスリー家の真似をしたことが恥ずかしくなり、一人になろうと、居間を出て廊下を駆け上がった。

自分の部屋に入り、後ろ手に扉を閉めた瞬間、視界が曇った。

涙が溢れてくる。

エバンズを怒らせた。

傷つけた。

エバンズに嫌われた。

どれが一番、自分の胸を苦しくさせているのか、ルイスにはよくわからない。

だがいずれにせよ、エバンズと親しくなる機会はこれで、永遠に失われてしまった。

叔父の思惑で迷惑をかけないためにはいい結果だったはずなのに、どうしても涙が止まらない。

叔父の思惑が絡まなければ、学校でエバンズに接し、自分から心を開いて親しくなれる機会があったかもしれない。

いや。

そもそも、自分が叔父の相続人に選ばれなければ、寄宿学校に行くこともなく、エバンズと出会うことすらなかったはずだ。

つまり、最初から、違う世界の……縁のない人だったのだ。

それがこんなに、辛くて悲しいのは……いつの間にか、エバンズをこんなにも好ましいと、好きだと思うようになっていたからだ。

その「好き」という感情が何を意味するものなのかはよくわからないまま、自覚したときには手の届かないものになっていたことが、辛かった。

冬期休暇の残りの日々はあっという間に過ぎ、翌日にはもう学校に戻らなければならない、という日になった。

叔父はエバンズが訪ねてきた「成果」を知りたがったが、ルイスは「少し話をしただけです、学校でまた」とだけ答え、叔父はルイスの引っ込み思案に苛立ったものの、それ以上は突っ込んでこなかったのが救いだ。

いつまでこうしてごまかせるものなのか、どこかの時点で、これ以上親しくなるのは無理だとはっきり叔父に告げなくてはいけないだろう。

そして学校に戻れば、冬期休暇前と同じようにエバンズとは距離を置いた関係で、他の生徒からも変わり者扱いされる、孤独な生徒に戻るのだろう。

どこにも逃げ場がない袋小路に迷い込んだようだ。

自分の人生はいったいどうしてこんなことになってしまったのだろう。

貧しさから逃れたいと思ったのが、間違いだったのだろうか。

上の学校に行って勉強したい。

食い扶持を減らして母の負担を軽くしたい。

そんな思いがすべて、裏目に出ているような気がする。

叔父のことだって、失望させている。

叔父の跡を継いで手段を選ばない実業家になるような気概も、自分にはない。

いっそ……叔父の相続人であることを放棄して、家に戻ろうか。

どんな仕事でもいい、仕事を見つけて、母やきょうだいたちと一緒に暮らしていこうか。

だがそうは思っても、家族は引っ越して居場所がわからなくなってしまった。

さまざまなことを思い悩みながらも、ルイスの脳裏に浮かんでくるのは結局エバンズの顔で、それがルイスには辛かった。


「若さま」

控えめに扉がノックされ、返事をすると客間女中の顔が覗いた。

先日、驚かせてしまったメアリだ。

張り詰めた、緊張した顔をしている。

「どうしたの？　何か困ったことでも？」

ルイスが椅子から立ち上がって扉に近寄ると、メアリは廊下をちらりと窺って誰もいないのを確かめてから、小声の早口で言った。

「若さまを訪ねてきた人が……あの、弟さんとおっしゃっています」

「弟が⁉」

思わずルイスが声をあげると、メアリが慌てて唇に指を当てる。

「旦那さまに知られたら追い返されると思って……もし、若さまにも心当たりがないようなら引き取らせます」

ルイスは胸が詰まるのを感じた。

おそらくメアリは、この間ただ一度、ルイスが名前を呼んだだけのことで、叔父の意に逆らって自分にだけ教えてくれているのだ。

そして弟が訪ねてきたというのなら、何か困ったことでも起きたに違いない。

「すぐ行きます」

ルイスはとっさに、上着と外套、襟巻きを摑んで廊下に出た。

小走りのメアリの後を追い、これまで行ったこともなかった建物の裏側に急ぐ。

他の使用人に会わないようメアリが考えてくれたのだろう、狭い廊下とパントリーのようなものを通り抜けて、裏口に着くと。

そこに、弟がいた。

上の弟だ。

三年以上会っていなかったが、すぐわかった。

十三歳になるはずの弟は、痩せて、継ぎの当たった薄い上着を着て、襟巻き代わりに古布を巻きつけて、心細そうな顔をして立っていた。

「キャル！」

ルイスは思わず弟を呼んで駆け寄る。

「ルイス……！」

弟の顔がぱっと輝いた。

「ルイス、ほんとにこんな家に……すげえや、お坊ちゃんみたいだ」

普段着姿のルイスを見て目を丸くしたが、すぐに真顔になった。

「訪ねてきてごめん、でもどうしようもなくて……母さんが病気なんだ」

ルイスは、胸のあたりを殴られたような痛みを覚えた。

「病気？　どんな感じなの？　お医者さまは？」

「医者なんか呼ぶ金はないんだよ……息が切れて胸が苦しそうで、もう半月も横になったきりなんだ。うわごとでルイスを呼ぶから……会わせてやりたいと思って」

それは、母の命に関わるような状態ではないのだろうか。

「——行くよ、今すぐ、一緒に行く」

ルイスはそう言って上着を羽織り、それから手に持っていた外套をキャルに着せかけた。

「これ、だってルイスが寒いよ」

「僕は襟巻きがあるから」

ルイスはそう言ってから、メアリのほうを振り向いた。

「あの」

「どうぞ、行ってらしてください」

今の会話で事情を察したらしいメアリは頷いた。

「夕方くらいまでなら、旦那さまをごまかしておけます」

「ありがとう、メアリ！」

ルイスはそう言うと、キャルと一緒に裏口から走り出た。

「ここまではどうやって来たの？　汽車で？」

「途中までは汽車で……あとは道を尋きながら走ってきた。バーネット繊維の社長の家って言ったら、わかる人がいて助かったよ」

キャルはこともなげに言う。

家中の金をかき集めても、途中までの汽車賃にしかならなかったのだろう。

ルイスは上着のポケットを探った。

二人分の片道くらいはなんとかなる。

二人は駅へ向かい、ちょうど来た汽車に乗り込んだ。

座席に向かい合うと、ルイスは改めてキャルを見た。

ルイスのきょうだいは皆小柄で、キャルもそうだ。

だが顔立ちは驚くほどに大人びて、もうすでに生活の苦労を重ねているのだろうとわかる。

「今、どこに住んでいるの？　前の家まで行ったんだけど、引っ越してたから」

ルイスがそう言うと、キャルは頷いた。

「ルイスが叔父さんとこに引き取られてすぐ。叔父さんが、引っ越せって言ったんだ」

そう言ってから、躊躇うように言葉を続ける。

「その……ルイスが戻ってこないように……二度と関わらないように、ってことで……ほんとは今日だって、ルイスを呼びに来ちゃいけなかったんだろうけど」

ルイスは言葉を失った。

叔父が引っ越しをさせた……そして、あの叔父のことだから、まとまった金を渡すようなことすらしていないのだろうと想像がつく。

それでも家族はルイスのために言うことを聞き、黙って引っ越したのだ。

「キャルは今、何を？」

働いているのは確かだろうが、今日は休んだのだろうか。

「少し前まで鋳物工場で働いてたんだけど、最近、近くの貸し馬車屋の厩舎(きゅうしゃ)に変わったんだ。今日みたいなときに、休みを貰いやすいから」

母のために、融通のきく仕事に変わったのだろう。だがそうでなくても給金の安い仕事なのだろうに、休みを取ればその分さらに減るのだ。

「姉さんたちは遠くに奉公に行ってるんだよね？　ロンは？」

九歳になる下の弟のことを尋ねると、キャルはにっと笑う。

「午前中は学校。ロンも、ルイスみたいに勉強が好きみたいだよ」

そう言ってから、少し顔を曇らせる。

「ロンも午後は働きに出るって言ってたんだけど、家にいて母さんの世話をしてくれってって言ったんだ。ただ……母さんが寝込む前から家賃をためちゃってるから、もしかするとロンにも働いてもらわないとだめかもしれない」

金持ちの子どもなら寄宿学校にようやく入るくらいの年で、キャルはもう、一家を背負って、あれこれ考えている。

「ごめん……ごめんね」

ルイスの唇が震えた。

「僕ばかり……いい思いをして……」

「ルイスが謝ることじゃないよ！」

キャルが強い口調で言う。

「俺たちの中から誰か一人、上の学校に行っていい暮らしをするんなら、絶対ルイスだったんだよ！　ルイスは勉強が好きだったんだから！」

きょうだいの中で一番勉強ができて、そして従順そうに見える……それが、叔父がルイスを選んだ理由だった。

「それにさ」

キャルが続ける。

「もしかしてうんと先の将来、ルイスが金持ちで偉くなって、俺たちに会いに来てくれたらって……そう思うだけでもわくわくしたんだよ」

うんと先の将来。

だがきっと、叔父がいる限りはそれは無理なことで……ルイスが完全に叔父の事業を継いで、ある程度自分のために金を使えるようになるまでには、何十年もかかるかもしれない。

それも、それまで家族が元気でいてくれたら、のことだ。

母のことを思うと、目に涙が滲む。

「何か……滋養になるものを買っていけたらいいんだけど……僕にも、自由になるお金はほとんどなくて」

汽車賃くらいが精一杯だ。

「ルイスに金を出してほしかったんじゃないから」

キャルがきっぱりとそう言ってくれるのすら、ルイスには悲しかった。


キングスクロスの駅から、今度は徒歩だ。

先日、もとの家を訪ねてきたばかりの場所だが、途中で楽園通りの覚えのある道からそれ、細い路地に入っていく。

スラムとの境、ぎりぎりの辺りだ。

「ここ」

キャルはそう言って、灰色の壁のところどころが崩れた古い建物の、ぎしぎしと音が鳴る階段を駆け上がった。

前の家と同じように、賃借人からさらに間借りしているのだろう。

三階の一部屋の扉をキャルが開け……ルイスは中に入った。

狭い部屋。

一間で、光のあまり入らない窓がひとつ。火が入っていない暖炉。

部屋の中央を横切るように張られた紐に洗濯物が下がり、両側の壁際に、ベッド。

キャルが示したベッドは、人が一人寝ているとは思えないほど平たく、ルイスが近寄るとようやく、枕の上に頭が乗っているのがわかった。

母の……土気色の、小さな顔。

痩せて、皺と白髪が増えている。

苦しげに眉を寄せて目を閉じていたが、ルイスが顔を覗き込むのと同時に、母はふっと目を開けた。

ルイスと、視線が合い……母が弱々しく、微笑んだ。

「まあ……ルイス。ルイスの夢だわ」

「夢じゃないよ」

ルイスは震える声でそう言って、ベッドの脇に膝をつき、顔を近寄せた。

「僕だよ、帰ってきた……」

そう言いながら、ルイスは不安と恐怖が背中にのしかかるのを感じた。

母の瞳は、苦しげというよりは何か……不思議な静けさを湛えている。

「立派に、なって」

ルイスに向かってそう言っている声も、どこか夢見るように頼りない。

「ちゃんと、叔父さまの跡を継いだのねえ……お前にならできると、思っていたわ」

ルイスの背中が、さあっと冷たくなった。

母は、自分に話しかけているのではなく……これは、うわごとだ。

母の額に手を当ててみると、想像していたような熱はなく、むしろ冷たいほどだ。

これは……もしかすると、まずい状況ではないのだろうか。

ルイスはキャルを振り向いた。

「かかりつけのお医者さまはいる？　その……つけで診てくれるような」

キャルは首を横に振る。

「つけはさんざんためちゃったから、もう無理だ」

キャルの声音にも、じわりと絶望が滲んでいる。

家賃の支払いも滞っているようだから、医者に払う金など捻り出せるわけがない。

誰も頼れない。

いや……いるはずだ、こういうときに手を差し伸べてくれる人が。

頼れる人が。

ルイスの脳裏に浮かんだのは――ドクター・ハクスリーだった。

貴族出身の医者だが、ディキーの父親のような労働者階級の患者を診ている。

幼い子を一時的に預かったり、貧しい少女に職業訓練をしたりしている。

あの人なら。

ただ……あのドクターは、エバンズの家族だ。

訪ねてくれたエバンズをあんなふうに追い返しておいて、今さら頼るのは、あまりにも身勝手だ。

だが、母の様子を見ていると、そんなことは言っていられない。

ルイスの身勝手さにエバンズが呆(あき)れ、軽蔑されるとしても……仕方ない。

ルイスは立ち上がった。

「お医者さまの心当たりがある。連れてくるから、待ってて」

「え。ルイス、だって……」

「母さんを頼む」

ルイスはそう言って、部屋を飛び出した。

通りに出ると、行き交う馬車の間を縫って反対側に渡り、ドクターの家のほうに向かって走り出す。

治ったばかりの足首に不安があるが、それどころではない。

もっと大きな不安は、ドクターがいるだろうか、ということだ。

間もなく午というこの時間帯、ドクターは出かけていることが多かったが……それなら、行き先を聞いて追いかけるまでだ。

息を切らして、ドクターの家の前に辿り着く。

つい数日前まで滞在していた家。

エバンズの顔が浮かんで一瞬躊躇ったが……ルイスは思い切って呼び鈴を押した。

間もなく足音が聞こえて、扉が内側から開く。

ドクターか、ルーイか、雑役の少女たちのどちらかでありますように……と思ったのだが。

「……え？」

ルイスを見て驚いた顔になったのは、エバンズだった。

何をしに来た、と嫌悪の表情が浮かんでも仕方がない、と思ったのだが……

「どうした、何かあったのか？」

エバンズはルイスの顔を見て、さっと表情を引き締めて尋ねた。

「母が……！」

ルイスは声を絞り出した。

「母が……病気で、ドクターに……今はお金はないんです、でも絶対──払いますから、という言葉を待たずに、エバンズは家の中に向かって叫んだ。

「ドクター！　ルーイ！」

それでは、ドクターは家にいるのだ……！

「今日は、往診がたまたまなくなったから」

エバンズがそう言っている間に、奥の診察室からルーイを従えたドクターが出てくる。

「どうした、ルイスじゃないか」

「お母さんの具合が悪いらしいんです……叔父上の家じゃないんだね？　どこ？」

エバンズが尋ね、ルイスは早口で、今の住所を言った。

「楽園通りの奥です」

「わかった。案内してもらうからね、とりあえず一度落ち着いて。サミィ、彼に水を一杯あげて。ルーイ、鞄(かばん)を」

ドクターがてきぱきと指示をして奥に引っ込み、すぐに上着を着て帽子を被り、鞄を手にして出てくる。

ドクターとルーイだけでなく、エバンズも一緒についてきたことに、ルイスは通りに出てから気づいた。

どうして、何をしに……と思ったが、母の容体に対する不安が、すべての思いを押しのける。

ドクターは辻馬車を拾って乗り、通りに近い場所で下りると、躊躇うことなく狭い路地に入っていく。

ドクターは、こういう場所に来慣れているのだ、とルイスは思った。

地味な色合いの三つ揃いにボーラーハットは、こういう通りでも浮きすぎないし、ルーイとエバンズも、目立たないジャケット姿だ。

建物の階段を上がり扉を開けると、キャルが母の枕元に座り、隣に学校から帰ってきたらしいロンもいた。

やはり小柄で顔色も悪いが、利発そうな目を大きく見開く。

「ルイス……？」

「うん、ロン、ルイスだ。ちょっとそこを開けてね」

ロンを抱き締めたい気持ちを抑え、キャルとロンを脇にどかせる。

「お医者さまを連れてきた」

ルイスがそう言っている間に、ドクターがさっとベッドに近寄る。

「失礼するよ、私は医者だ」

穏やかに、落ち着いた声で話しかけ、母の額に手を当て、手首を探し当てて脈を取り、ルーイに指示して鞄から聴診器を取り出す。

一通り母の診察をし、ドクターは立ち上がってルイスを見た。

「心臓がかなり弱っているね。あと、肺も。こっちのほうが問題だ……すぐにでも入院させたほうがいい」

ルイスは戸惑って、キャルと顔を見合わせた。

「でも……費用が……」

「その心配はしないでいい。ルーイ、表通りで馬車を捕まえて。サミィ、バーネット夫人を」

ドクターがそう言うと、ルーイがさっと部屋を出ていき、エバンズはベッドに歩み寄る。

ドクターはもう一度母の上に屈み込んだ。

「バーネットさん、病院に行きますからね、少しだけ辛抱してくださいね」

母は、わかっているのかいないのか、かすかに頷く。

ドクターが薄い布団をめくり、エバンズが慎重に、母の身体を抱き上げた。

階段を下り、路地を抜け、表通りに出ると、すでにルーイが辻馬車を待たせている。

「ブレイルズフォード慈善病院へ」

ルーイが御者に告げているのが聞こえ、母は本当に病院に連れていってもらえるのだ、とルイスは実感し、膝の力が抜けそうになるのを感じながら、最後に馬車に乗り込んだ。


病院は大きな公園にほど近い、石造りの立派な建物だった。

母は六人部屋に運び込まれ、灰色のドレスに白いベールを被った、尼僧のような服装の看護婦たちに取り囲まれ、ルイスたちは廊下に出される。

「すげえ、本当に病院だ……ねえ、大丈夫なの？」

キャルが心配しているのは費用のことだろう。

だがドクターが心配しなくてもいいと言ってくれたし、慈善病院と言っていたから、たぶん貧しい人のために寄付で運営されている病院なのだろうと思う。

ドクターがそういう病院を知っていて、本当にありがたい。

だが……入院して、母はよくなるのだろうか。

そして入院が長引けば、弟たちの生活はどうなるのだろう。

ルイスの胸にも不安が募る。

「ルイス、ほんとにルイスだね」

膝の上に座らせたロンが、嬉しそうにルイスの顔を見上げている。

ロンはまだ九歳、キャルが十三歳、二人だけで生きていくのにはまだ幼い。

いや……生きていくだけなら、方法はある。

ルイスは、迷い込んだあのスラムを思い出した。

ああいう場所で……その日のパン代だけをなんとか稼ぎ、着るものも次第にすり切れ、綻び、そんな服でも古着市で売り、もっと安い服を買って着替えているうちに心もすさんでいき……そして、生きるために他人のものを奪うことも躊躇わなくなっていく。

下町の労働者階級と、スラムの住人との垣根は、実はとても低い。

働き手を失えば、転落はあっという間だ。

そして——逆は、下の階級から這い上がることは、普通の人間にはまず無理だ。

それが、今のこの国の現実だ。

弟たちにとって、母の命が助かったとしても、働き手であり保護者である母が入院してしまったら当座の生活にも困るはず……いや、すでに困っている。

では自分はいったい、どうすればいいのだろう。

母や弟たちにしてやれることは、なんなのだろう。

家族がぎりぎりの生活を送っているときに、自分だけは叔父の金でのうのうと暮らしていることが、本当に辛い。

少なくとも叔父は、普通の人間にはできない「階級を上がる」ということをやり遂げつつある。

自分には、そんな叔父を嫌ったり軽蔑したりする資格など、ない。

「ルイス」

そう呼ばれてはっと顔を上げると、母を診ていたドクターが廊下に出てきていた。

「あ、あの、母は」

「あと一日遅かったら危なかったね」

ドクターは穏やかに言った。

「とりあえず、命は大丈夫だが……とにかく身体が疲れ切ってぼろぼろなんだよ。だからとにかく今は休むことだ。この病院に、一ヶ月は入院させてあげられる。だがそれ以上は、規約で難しい……ベッドの空きを待っている人がたくさんいるからね。一ヶ月の間に、少しでもよくなることを祈ろう」

一ヶ月したら病院を出なくてはいけない。

だが当座、母はここにいられる。

そして、とりあえず今日明日、命がどうにかなるということではない。

それが一番大事なことだ。

「あ、ありがとうございました！」

ルイスはロンを床に下ろして立ち上がり、頭を下げた。

「本当に、ありがとうございます！」

「いや」

ドクターが穏やかに首を振る。

「きみが私を思い出してくれてよかった」

そのとき、廊下の向こうから、一人の女性が歩いてきた。

「まあ、ロジャー」

ルイスは思わずその女性に見とれた。

ドクターと同年代くらいだろうか、中年の……とはいえ、若々しく美しい、そして品のある女性。

毛織りの上着とスカートに分かれたドレスは実用的なかたちだが、生地も仕立ても上等なものだ。襟と袖からは繊細なレースが覗き、手にもレースの手袋、赤みがかった金髪は美しく結い上げられ、花飾りのついた可愛らしい帽子が乗っている。

叔父に引っ張り回された夜会で見た女性たちと同じ、ルイスには縁遠い世界の人という服装だが、その瞳には親しみやすい笑みが宿っている。

キャルとロンも、ぽかんとしてその女性に見とれているのがわかる。

「ロズリン」

ドクターがその女性に、丁寧に頭を下げた。

「今日はどうして？　あなたの患者さんが入院したの？」

女性が尋ね、ドクターが頷く。

「サミィの学友のお母さんなのです。今、この部屋に」

目の前にある、母が入院した部屋の扉を示してそう言うと、女性はエバンズを見上げた。

「まあ、私のおちびさん、久しぶりね。確かもう、最上級生なのね？」

どう見てもこの一行の中で一番長身のエバンズを「おちびさん」と呼んでそう微笑みかけ、エバンズは照れくさそうに笑って言った。

「はい……これがその学友のバーネットと、弟さんたちなんです。バーネット、こちらはこの病院を運営している、レディ・ブレイルズフォード……ドクターの従妹なんだ」

レディ・ブレイルズフォードと呼ばれた女性はルイスたちを見て、ルイスと弟たちの服装の差に気づいたらしく一瞬首を傾げたが、すぐにルイスに向かって言った。

「そう、バーネットさん、お母さまは心配ね。でもこの病院には、腕のいいドクターがたくさんいます。きっとお元気にして差し上げられるわ」

その優しく丁寧な言葉に、ルイスはどぎまぎした。

レディと呼ばれるような人と、直接話すなどはじめてのことだ。

「あの……母がお世話になります、よろしくお願いいたします」

ようやくそれだけ言うと、レディは頷く。

「どうぞ任せてね。弟さんたちも」

にっこり笑い、ロンと視線を合わせるようにその場にしゃがみ込む。

「もし来られるようなら、一日に一度、お母さまのお見舞いに来て、顔を見せてあげてちょうだいね。それがきっと、お母さまにとって一番のお薬よ」

ロンは顔を赤くしながらも、

「はい、ありがとうございます。よろしくお願いします」

しっかりした口調でそう言ってぺこりと頭を下げる。

レディはにっこり笑い、立ち上がると、ドクターを見た。

「ちょっと寄付金の用途のことでご相談したいの。この間、新しい手術用具のことを言っていたでしょ？　今からお時間よろしい？」

「もちろんです」

ドクターはそう言うと、エバンズを見た。

「私とルーイはロズリンのところに行くから、サミィは彼らを頼む」

エバンズは頷き、ドクターとレディは廊下を歩み去り、ルーイも弟たちに微笑みかけ、力づけるように頷いてから、その後を追う。

ルイスは、弟たちと、エバンズとともに取り残され……

そして、ロンがルイスの袖を引っ張った。

「ルイス、ルイスの知り合いの人なの？　この人が母さんを助けてくれたの？」

ルイスははっとした。

そうだ、まだちゃんと礼を言ってさえいなかったのだ。

「そ……そう、学校の上級生の、エバンズ……エバンズ、ありがとうございました」

「いや」

エバンズは首を振る。

この間、訪ねてくれたエバンズを失礼にも追い返したことなどなかったかのように、ごく自然な態度に、かえってルイスをいたたまれなくなる。

すると、キャルが感嘆したようにため息をついた。

「ルイス、すげえなあ。こんな立派な病院をやってるレディとか、ドクターとか、いつの間にかすげえ知り合いができて。叔父さんのとこに行ってよかったなあ」

そう言ってから、ふと何かを思い出したようにルイスを見る。

「そういえばルイスのとこのメイドさんが、夕方までしかごまかせないって言ってなかった？　帰らないと、叔父さんに怒られるんじゃないの？」

ルイスははっとして辺りを見回した。

もう午後もかなりの時間になっているはずだ。

「でも……キャルとロンは」

「俺たちは、ここからなら歩いて帰れるから大丈夫だよ」

「でもあの、生活費とかは」

「なんとでもなるってば」

キャルがロンと肩を組むようにして笑う。

「三日くらい食わないのには慣れてるし、母さんがここで世話になってる間は仕事増やせると思うし」

「お、俺だって、午後から働ける場所があるよ！　母さんが入院してる間くらい、学校を休んだっていいんだし」

ロンも真面目な顔で言い足す。

ルイスの喉の奥に、熱い塊がつかえたようになった。

弟たちが……まだ九歳と十三歳の弟たちが、ろくに食べるものも食べずに働く覚悟をしているというのに、自分の心配は「叔父に怒られる」ことだ。

こんなのはいけない……こんなのは間違っている。

なんとか、しなくては。

だが……どうやって？

「あ、でもルイス」

キャルが何かを思い出したように言った。

「汽車賃、ルイスが持ってるだけ使っちゃったよね、帰りの、ある？」

そういえばそうだった。

だが……キャルは、市内から叔父の家まで走ってきたと言っていた。一時間以上かかるかもしれないが、それくらいなら自分だってできる。

「なんとでもなるよ、じゃあ、気をつけて帰るんだよ」

キャルとロンは頷き、エバンズにも頭を下げる。

「ありがとうございました」

「うん」

エバンズは二人を見て言った。

「あと、何か困ったことがあったら、この病院の事務所に、ドクター・ハクスリーの患者の家族だって言って相談するんだ、いいね？」

弟たちは顔を見合わせる。

「……はい」

キャルがそう答えたが、まさかパン代をくれと言うことなどできないだろうし、しないだろうとルイスにもわかる。

それでも……万が一のときに頼れる場所があるというのはありがたい。

「じゃあ、ルイス、また……会えたらいいけど、無理しないでね」

キャルがそう言って、ロンが名残惜しそうにルイスに手を振り、そして二人並んで廊下を出口のほうに去っていく。

その姿を見送ってから、ルイスもエバンズに言った。

「僕も……帰ります」

エバンズが少し躊躇い、言った。

「汽車賃が必要なら貸すが……学校がはじまったら返してくれればいい」

しかしルイスは首を振った。

これ以上エバンズに面倒をかけるわけにはいかない。

「大丈夫です。いろいろ、本当にありがとうございました」

そう言って、エバンズに背を向けて歩き出しながら、ルイスはさまざまな、複雑な感情が胸に渦巻くのを感じていた。

あんなことがあったのに手を差し伸べてくれ、気を悪くした様子も見せないエバンズは、やはりできた人間なのだし……そもそもの育ちがいいのだ。

親がおらず、ドクターに引き取られて育ったとはいえ、ドクターはただの町医者ではなく……伯爵家の出であるばかりか、レディと呼ばれ、慈善病院を運営しているような人とも近しい親戚関係にある。

あのレディはエバンズのことを「私のおちびさん」と呼び、幼いころから知っているような雰囲気だった。

そういえばレイモンド夫人も、エバンズをそう呼んでいた。

そもそもの、育った境遇がルイスとはまったく違うのだ。

そしてそのエバンズが、ルイスと家族の関係について、何も尋ねようとしなかったのも、不思議だ。

叔父を知っていて、叔父の家にも来たことがあるエバンズが、母と弟たちの貧しい生活を見ても、何も言わなかった。

エバンズと知り合ってからずっと……ルイスは、自分の育った環境のことを、エバンズに知られるのが怖いと思っていた。

ヒューバートとのことが、深い傷になっていた。

だがエバンズは、ヒューバートとは違う、とわかり……もしかしたらエバンズになら、打ち明けても態度は変わらないのではないか、とも思った。

そして今日の様子を見れば、たぶんエバンズにはおおよその見当がついたのではないか、という気がする。

下町の貧しい家庭で育ち、一人だけ、金持ちの叔父に引き取られたのだということが。

それでもエバンズが何も言わなかったのは……もしかしたら、何も感じなかったからなのかもしれない。

ルイスの境遇に、関心はないのかもしれない。

そう考えた瞬間、ルイスの胸にずきりと痛みが走った。

そもそもエバンズは……ルイスにそれほどの個人的な感情は持っていないのだ。

ただ、よくできた人柄の監督生として、馴染まない編入生のルイスを気にかけてくれただけであり……その後も、成り行きで親切にし、面倒を見てくれたが……それはきっと、ルイスでなく他の誰であっても、同じように対応したのだろう。

それでも確かに、心が近づいたと思った瞬間があったのに。

エバンズになら、心を開けるような気がした瞬間があったのに。

ルイスの子守歌が胸の辺りに「来る」と言ってくれたことも……サンドロップという待宵草について同じようなことを考えたのも……ルイスをその待宵草と似ている、と言ってくれたことも……

ルイスが感じたほどに特別なことではなく、だからといって口から出任せというわけでもなく……誰に対してでも何かしら褒めるべき点とか、親しくなるための共通点とか、そういうものを探すことができるエバンズの特技だったのかもしれない。

ルイスがうなされたときに「ルイス」と呼んで起こしてくれ、その後はまた「バーネット」と呼び続けているのも……エバンズのほうがルイスとの距離をそれ以上は詰める気がないという意思表示だったのかもしれない。

そういえば、テラスでルーイの歌声を聴いた後も「ルイス」と呼んでくれたが、あれはもしかすると、ルーイのことではなかったのだろうか、とルイスは気づいた。

あのときまだ、エバンズはどこか夢うつつのようだった。

ルーイをルイスと呼ぶ、彼の中での特別な場合があったのかもしれない。

それなのに……自分はそれを嬉しいと思い、彼をサミュエルと呼び変えるタイミングをあれこれ考えたりしていたのが、恥ずかしい。

エバンズに対する自分の感情はすべて独りよがりの空回りだった。

それでも……自分は、エバンズと親しくなりたかったのだ。

エバンズに、自分を理解し、好きになってもらいたかったのだ、とルイスにはわかった。

そしてそれは自分が、エバンズを好きで理解したいと思ったから。

エバンズという男に、惹かれたから。

昔、ヒューバートに憧れていたときに、ヒューバートのことを考えると浮き立つような、気恥ずかしいような思いがしていたものだ。

だがエバンズに対する気持ちはそれとは違う……もっと、深いところでエバンズとわかり合いたい、というものだ。

他の誰とも違う関わりを、エバンズと持ちたい、とでもいうのだろうか。

そう……ルーイの歌をテラスで聴いていたとき、エバンズの手に自分の手を重ねたのは、ルイスにとっては何か、特別な衝動だった。

誰かに触れられることをあんなに怖がっていたのに、自分からエバンズに触れたいと思い、そうした。

あれは……なんの衝動だったのだろう。

触れたい……触れたら心地いい……そしてもっと触れていたい、と思ったのは。

もう一度エバンズときちんと向き合って最初から関係を築くことができたなら、その気持ちの正体もわかるのだろうか。

だがそれは、今さら不可能なことだ。

そんなことを考えながらひたすら歩き続けていると、次第に日が暮れ、完全に日が落ちる寸前に、ようやくルイスは叔父の家に帰り着いた。

こんなに長い距離を歩いたことはなく、足が棒のようだ。

呼び鈴を押す前に深呼吸をする。

今は、エバンズのことではなく、家族のことを考えなくては。

そして、自分が取るべき行動を取らなくては。

呼び鈴を押すと、待ち構えていたように玄関の扉が開いた。

メアリだ。

その顔が少し青ざめて緊張しているのを見て、叔父に、自分が無断で出かけたことを隠し通せなかったのだとルイスは悟った。

メアリがごまかせると言った時間を過ぎてしまったのだから、当然のことだ。

「ごめんなさい、遅くなって」

メアリが叔父に怒られただろう、申し訳ないことをしてしまった。

「叔父さまは書斎？　食堂？」

「書斎です、あの……」

メアリが何か言おうとするのを、ルイスは手で止めた。

叔父の機嫌が悪いのは正面から受け止めるつもりだ。

「大丈夫、メアリは悪くないって、ちゃんと話すから」

そう言って早足で、叔父の書斎に向かう。

扉の前に立つと、もう一度深呼吸し……扉をノックした。

返事を聞く前に「ルイスです」と告げる。

「入れ！」

不機嫌そうな声が聞こえ、ルイスが扉を開けると、叔父は大きな書斎机の前で仁王立ちになっていた。

「どこへ行っていた！　いいか、嘘はつくなよ！」

額に青筋を立てた叔父の様子から、ルイスは、叔父は「知っている」のだと思った。

メアリが責められ、どうしようもなく「弟が来た」と言うしかなかったのだろう。

ルイスは拳を握り締め……背筋を伸ばして、叔父の目を真っ直ぐに見つめた。

「家に、帰っていました」

「家だと！　お前の家はここだ！　あの貧乏家族とは縁を切らせたつもりだったのに、連絡を取り合っていたのか、この裏切り者！」

「叔父さま」

叔父の言葉の切れ目をなんとか捉え、ルイスは言った。

「母が病気で、入院しました。弟たちが――」

「入院だと！　貧乏人がたいそうなことだ！　どうせ、仕事を怠けたいとか、そういう病だろう。貧乏人の病気というのは、たいていそんな……」

「叔父さま！」

ルイスは、自分でも驚くほどの大きな声で、叔父を遮った。

ルイスにそんな声が出せると思っていなかったのだろう、叔父が一瞬言葉を止める。

その隙にルイスは早口で言った。

「病院は慈善病院です、費用はかかりません。ただ、弟たちがこのままでは暮らしていけません。弟たちになんとか援助していただけませんか。母が退院するまでの、一ヶ月の間でいいんです！」

叔父は一瞬言葉を失ったように見え――

そして次の瞬間、

「馬鹿者！」

そう怒鳴るなり、ルイスの頬を平手打ちした。

頭全体に大きな衝撃が走り、目の前に火花が散って、身体が揺らいだ。

なんとか両脚を踏ん張っていると、反対側からさらにもう一発が来て、ルイスは絨毯の上に倒れ込んだ。

「この、恩知らずめが！」

叔父の声が頭上から降ってくる。

「お前が今のような暮らしができるのは、誰のおかげだと思っているんだ！」

ルイスの中で、何かがぷつんと切れたような気がした。

今のような暮らし。

家族を犠牲にしたこんな暮らしは……自分は望んでいない。

「でしたら！」

ルイスは絨毯の上に両手をつき、叔父を見上げた。

「でしたら、僕を相続人からはずしてください。僕は家に戻って……働いて、弟たちを養います……！」

考える前に口から飛び出した言葉だったが、そう言った瞬間、ルイスはそれが一番正しい方法なのだとわかった。

そうだ。

自分が家に戻り、母や弟たちのために働く。

どうしてもっと早くそれを思いつかなかったのだろう。

今のルイスはもう、「母の負担になる、減らすべき食い扶持」などではないはずだ。

しかし……

「馬鹿を言うな！」

叔父は片膝をついて、ルイスの襟首を摑んだ。

「これまでお前に、どれだけの金をかけたと思っている。お前を学校にやり、その学校でへまをしていられなくなったら転校先を見つけてやり、社交界に出してやり……それもこれもすべて、必要な人脈を作って恩を返してもらうための投資だ。それを無駄にさせるつもりなのか！」

そう、この人にとって、自分は「先行投資」の対象に過ぎないのだ、とルイスは思った。

わかっていたことではあったが……本当に、ただただそれだけのために、ルイスを引き取ったのだ……ルイスだけを。

ルイスにも心があり、愛する家族がいることなど想像もできないのだ。

「……これまでかかった費用は、働いてお返しします」

ルイスは叔父の目を真っ直ぐに見て言った。

「ですから、僕を解放してください」

叔父の顔が怒りにかっと赤くなり、今度は平手ではなく、拳を振り上げる。

目を閉じて、その拳の衝撃を受けようとしたとき——

「お待ちくださいませ、今は」

廊下からメアリの焦った声が聞こえ、

「失礼は承知です」

若い男の声がそれに被さったかと思うと、書斎の扉が開いた音がした。

「誰だ！　案内もなく——」

叔父が言葉を途中で止めて、部屋に入ってきた人物をぽかんとして見つめたので、ルイスも慌てて叔父の視線の方向を見た。

そう、声は確かに似ているような気はしたのだが……

そこに立っていたのは、エバンズだった。

病院に連れていってくれたときの地味な上着ではなく、最近流行りだした実用的な丈の短いフロックを着ているのが、大人びて堂々として見える。

「バーネットさん、彼の学友のエバンズです、ハクスリー家の縁者の」

落ち着いた声でエバンズは叔父が百も承知のはずの自己紹介をしながら近寄ってきて、今にもルイスを殴りつけようとしていた叔父の拳をそっと片手で脇に押しやり、ルイスの身体を抱え、床から立ち上がらせた。

「きみは……突然、失礼じゃないか」

叔父は一応そう言うが、声音から興奮は薄れ、不審げな響きが勝っている。

「ええ、本当に失礼をしています。約束もなくバーネットに会いに来て……そうしたらあなたの声が聞こえたので、何かあったのかと思って、つい」

エバンズの声はあくまでも穏やかで、悪びれていない。

ルイスは何が起きているのかわからず、ただ呆然とエバンズの声を聞いていた。

「ご家族の中で、意見の食い違いでもおありだったんでしょう。少し落ち着いて頭を冷やしたほうがよさそうに見えます。よろしければ彼を別室で落ち着かせますが」

提案のように見えながら有無を言わさない響きが、高圧的な叔父を黙らせていることに、ルイスは驚いた。

いや……叔父は、エバンズの背後にある人脈を思い、ここでエバンズと揉めるのは得策ではないと思ったのだろう。

「……お恥ずかしいところをお見せしたようだ、よかったら、目上の人間に対する礼儀をそいつに教えてやっていただきたい」

精一杯に威厳を取り繕って叔父はそう言った。

「では失礼して」

エバンズはそう言って、ルイスの身体を抱えたまま部屋の外に出る。

廊下でおろおろしていたメアリに「彼の部屋はどこ?」と尋ね、答えを聞いて二階へと階段を上がりだしたので、ルイスははっとした。

「放して……僕は、ここから出ていくんです……!」

ここを出て、家に戻って、働く。

「わかった、でも今すぐじゃない」

エバンズが宥めるように言って、じたばたとルイスが抵抗するのをものともせず、階段を上がってルイスの部屋に入る。

「いや……ここはもう、僕の部屋じゃ……」

「うん、わかった、わかってる」

エバンズはそのままルイスを、部屋にあったソファに座らせ、隣に座る。

勉強部屋と寝室の続き部屋にある家具は叔父の趣味でごてごてしてちぐはぐな組み合わせのもので、ルイスがどうしても完全には寛げない「自分の部屋」だ。

ここを出ていかなくては。

ここは自分の部屋じゃない。

「僕は、ここにいちゃいけない……帰りたい……！」

帰らなければ、ではなく帰りたい。

その言葉を口に出した瞬間、ルイスの目から涙が溢れ出た。

「帰りたい……僕は……ここに来ちゃいけなかった……自分、自分ばっかり、贅沢な生活をして……母や弟たちがお腹を空かせているときに……僕だけ……でも僕は、抜け出したいと思ったんだ、あの生活から……お金に困らない生活をして、上の学校に行けるなら嬉しいと思って……それで家族を捨てたから……それがいけなかったんだ……！」

ずっと、罪悪感を抱いていたのだ。

叔父に相続人として選ばれ、自分がいなくなることで、食い扶持が減って母が楽になるのなら、と自分に言い訳してきた。

でも心の奥底では、あの生活から抜け出したいと思っていた。

そうでなければ、叔父の申し出を断ることだってできたはずだ。

「僕は卑怯者だった……！」

誰に対して言葉をぶつけているのかも忘れて、ルイスが吐き出すと——

「卑怯者じゃない！」

エバンズが強く言って、ルイスを抱き締めた。

頭がエバンズの広い胸に押しつけられる。

「卑怯者なんかじゃない。貧しい生活から抜け出したいと思うのは当然のことだ。全員が抜け出すことが不可能なら、自分だけでも……そう思うのは当たり前のことだ」

卑怯者じゃない。

エバンズの口から出たその言葉が、どういうわけか、苦しいほどの切実味を帯びていて、ルイスははっとした。

エバンズはゆっくりと、しかし強い口調で続ける。

「今日食べるものがないような生活は、経験したことのない人間には理解できない。明日のパン代のことしか考えられない生活では、将来の希望なんてものも考えられない、目の前に新しい可能性を差し出されたらそれを退けられるはずがない、きみの選択は絶対に責められるようなものじゃないんだ」

エバンズはそんな生活は知らないはずなのに。

親がいないというだけで……ドクターのもとで、食べるのには困らない生活だったはずなのに。

ドクターが貧しい患者を診ているから、それで自分も、貧しい人間の苦しみがわかったような気でいるのだろうか。

ルイスは思わず、エバンズの胸に腕を突っ張って身体を離した。

「……あなたには、わからない！」

「そう、思うか？」

エバンズが静かに尋ねた。

エバンズの黒い眉が切なげに寄せられ、黒い瞳が、哀しげな光を帯びている。

「俺には、きみの苦しみはわからない……そうかもしれない。でも俺は、よく似た別の苦しみなら知っている」

よく似た別の苦しみを知っている。

どういう意味だろう。

だが、その言葉の意味以上に、ルイスは、エバンズの瞳の奥にあるものから、目が離せないような気がした。

哀しげな、その瞳は何を映しているのだろう。

その瞳の奥にあるエバンズの心は、何を秘めているのだろう。

ルイスの肩を摑んでいる手の強さは、何を表しているのだろう。

エバンズは……どういう人なのだろう。

知りたい。

エバンズの深いところにあるものに、触れたい。

あの夜、ドクターの家のテラスで、エバンズの手に触れた感触がふいに蘇り、ルイスはぶるりと身を震わせた。

エバンズの瞳を見つめたまま。

エバンズの目が、わずかに細められた。

その黒い瞳に、何か違う光が宿る。

戸惑うような、そしてどこか甘い……優しい光が。

視線と視線が絡み――

エバンズの瞳が、ゆっくりと近づいてくる。

ルイスは思わず目を伏せ……そして次の瞬間、唇に、温かなものを感じた。

唇と、唇。

そっと会わせた唇から、エバンズの体温が伝わる。

手と手が触れ合うよりもずっと、エバンズを近く感じる。

ルイスの肩を抱き寄せる手に、わずかに力が加わり、身体と身体の距離が近くなる。

優しく、温かく、包み込むような……それでいて力強い、エバンズの魂を、すぐそこに感じる。

もっと……知りたい。

ルイスは無意識に腕を上げ、エバンズの肘の辺りに触れ……背中まで回そうとして、指先がエバンズの上着の皺にかすかに引っかかった。

その瞬間、ルイスははっと我に返った。
キス……エバンズと、キスをしている、唇と唇で。
「う……わっ」
思わずエバンズの胸を押しのけるようにして身体を離し、立ち上がる。
エバンズが驚いたようにルイスを見上げている。
驚いている……何に？
ルイスがエバンズを押しのけたことに？
それとも——キスをしたことに？
そもそも、今のキスは、どちらからしたものなのだろう。
どちらが望んだものなのだろう。
——自分だ、とルイスは思った。
エバンズを知りたい、触れたい、と思ったのは間違いなく自分だ。
それは……こういう意味だったのだ……！
かあっと、頬が熱くなった。
エバンズにどう思われただろう。
「バーネット……」
エバンズがルイスを低い声で呼び、ゆっくりと立ち上がる。

エバンズの口から次の言葉が出てくるのが怖くて、ルイスは身を翻すと部屋を走り出た。そのまま何も考えず階段を下り、玄関ホールを抜けて外に走り出る。

恥ずかしい。

恥ずかしい……無意識にエバンズとキスしたいと望み、してしまったことが。

あのままキスを続けていれば、もっとエバンズの違う場所に触れたい、もっと深く触れたいと、欲望が高まっていっただろうと、わかる。

それは……エバンズを「好き」という感情であり、そしてその「好き」の先に、許されない、不道徳な、恐ろしい落とし穴がぱっくりと口を開けている気がする。

そうだ……ヒューバートに求められたようなことだ。

肉欲。

身体の内側を熱くしたのは、確かに「それ」だった。

エバンズは気づいただろうか。

気づいていたら……ルイスを軽蔑するだろうか。

するに決まっている……ルイス自身、ヒューバートに露骨な行為を求められたときに、あれだけ傷つき、嫌悪を感じたのだから。

もう、エバンズに合わせる顔がない。

いや。

玄関から走り出て、街灯がぽつんぽつんと点るだけの暗い道に出て、ようやくルイスは立ち止まった。

もう、エバンズに会うことは、きっと、ない。

このまま叔父の家を出て弟たちのところに戻り、そして働くようになれば、当然学校は退学だ。

ルイスはスラムぎりぎりの暗い下町へ。

エバンズは、ドクターが貧乏人を診てくれる医者ではあるが、基本的には貴族や富裕層と繋がりのある、明るい世界に居続ける。

もともと、違う世界の人だったのだ。

ルイスの苦しみがわかる、とエバンズが言ったのは、嘘ではないだろう。

エバンズは人々の苦しみに寄り添って理解できる人だ……それは素晴らしいことだし、そういうエバンズを尊敬する。

しかし結局エバンズは「外側」というか「上」に属する人で……もともとの居場所であった「下」に戻っていく自分とは、そもそも縁のない人だったのだ。

それでも……エバンズと出会えたことは後悔しない。

あの人を知ることができて、よかった。

その意味では、一時的にでも叔父の相続人として引き取られて、よかった。

叔父にも感謝しなくては。

とぼとぼと歩きながら、ようやくルイスは気持ちが落ち着いてくるのを感じていた。

叔父には何も言わずに飛び出してきてしまったが、もう戻れないことはわかっている。

そもそも自分には、叔父の期待に応えることなど無理だった。

事業に有利になる人脈や伝手を作るために学校に行くのなら、もっと社交的で自分に自信がある人間でなくては、無理だ。

きょうだいの中で一番勉強が好きで、成績もいいというだけでは、叔父の求めに従うのは無理だったのだ。

叔父には明日にでも手紙を書くとして、今は、弟たちの住む家に向かおう。

そう思いながら道を歩き続け……ルイスはふと、辺りがかなり暗く、寂しいことに気づいた。

市内から叔父の家に戻るときも歩いた道だが、その道が、まったく別な顔を見せている。

もともと市内の下町で育ち、叔父に引き取られてからも、郊外の道を、夜、一人で歩くことなど一度もなかった。

鉄道が通ったとはいえ、駅と駅の間は、まだまだ家が少なく寂しい場所も多い。

街灯もない。

そういえば……こういう道で、追いはぎが出ると聞いたことがある。

郊外の寂しい道は、スラムと同じくらい……いや、逃げ込める場所や人目がない分、スラムよりも治安が悪いかもしれない、と。

ルイスは、背中にぞわりと冷や汗が伝うのを感じた。

無謀な家出をしたのかもしれない。

だが……どうしようもない、とにかく歩き続けなくては。

この暗がりで、自分が着ている服が上質であることが見分けられないのを祈るしかない。

冬の夜、身体は次第に冷えて手足の指先が冷たくなってくる。

少しでも身体を温めようと、さらに足を速めて歩いていると、背後から馬車の音が聞こえてきた。

こんな時間にも、馬車の往来はまだあるのだ。

乗合馬車に乗る金はないので、ルイスは道の端に寄って、馬車をやり過ごそうとした。

すると馬車が、少し行き過ぎてから、停まった。

乗合馬車ではない、旅行用の箱馬車に見える。

「兄さん、一人で歩いているのかい？」

御者が尋ねた。

気のよさそうな中年の男の声に、ルイスはほっとして緊張を緩めた。

「ええ」

「市内までかい？　危ないよ、よかったら乗りなよ」

「でも僕……お金が」

「いいよいいよ、こっちは商売じゃないから」

御者はそう言って、わざわざ御者台から下りて、馬車の扉を開けてくれる。

ルイスは迷った。

いいのだろうか……厚意に甘えても。

だが、夜道を一人で歩き続けることが怖くなっていたのは確かだ。

「さあ」

御者がにこにこしてそう言うので、ルイスは馬車に近寄った。

「乗って乗って」

御者にステップに押し上げられるようにしてルイスは馬車に乗ろうとして、中に人がいることに気づいた。

暗くてよく見えないが、男が二人、口元まで襟巻きで覆っていて顔がよくわからない。

「あ、あの」

「先客はいるけど、気にしないで」

躊躇ったルイスの身体を、御者がぐいっと押し、同時に馬車の中の男の一人が、ルイスの腕を摑んで引っ張り込んだ。

おかしい。何かが、変だ。

「すみません、やっぱり――」

そう言おうとした口が、馬車の中の男の手で塞がれる。

御者がにやりと笑って馬車の扉を閉めようとするのが目に入る。

しまった……追いはぎか何かだ……！

そう思った瞬間、誰かが閉まりかけた扉をぐいっと押しのけた。

「な、なんだ」

「彼の連れだ！」

馬車の中に上半身を入れた人影が答え、ルイスは、それがエバンズだと気づいた。

どうして……ずっと、自分を追いかけてきたのだろうか。

「せっかく乗せてもらったのに悪いが、降ろしてもらおう」

エバンズは冷静な声でそう言ったが、

「……そうはいかねえ」

馬車の中の、ルイスの口を押さえていたのとは違う男が、懐に手を入れ……取り出したのは、銃だった。

「邪魔をしないでもらおうか」

エバンズの頬がぴくりと動く。

「ちょっと待て」

エバンズの背後にいた御者が言った。

「こいつも、まだ若いぞ。どっちも学生に見える。どっちがバーネットの跡取りだ？」

馬車の中の男たちが顔を見合わせる。

ルイスはぎょっとした。

この男たちは最初から「バーネットの跡取り」……自分を狙っていたのだ……！

するとエバンズがにっと、不敵な笑みを浮かべた。

「そういうことなら、探し物は俺かもな」

違う、とルイスはもがいたが、塞がれた口からは呻き声しか出せない。

「面倒だ、とりあえず両方連れていけ！」

銃を持った男がそう言い、御者に押されるまでもなく、エバンズが自分から馬車に乗り込んできた。

扉が閉まり、馬車が動きだす。

ルイスは、目だけを動かしてエバンズを見た。

銃を突きつけられたエバンズは動揺した様子もなく、ルイスを見て安心させるように頷いてみせる。

どうして……どうしてこんな無茶を、自ら巻き込まれるなんて。

あんなにも恥ずかしい思いでエバンズから逃げたはずなのに、そのエバンズと、こんなに危ない状況で同じ馬車に乗せられていることをいったいどう考えればいいのか。

だが今はとにかく、男たちに逆らわずにいること。

あっさり命を失ったりしたくなければ、それが一番大事だということくらいはルイスにもわかる。

そしてエバンズを巻き込んでしまったのを申し訳ないと思うと同時に、どこかで「心強い」と感じているのも、事実だった。

馬車がロンドン市内に入ったのは、地面が土から石畳になった感覚でわかった。

やがて馬車は停まり、「声を出すな」と銃を持った男に言われ、ぼろ布で目隠しをされ、後ろ手に縛られ、小突かれながらどこかの建物に入っていく。

ルイスは膝の裏を蹴飛ばされ、倒れ込んだ。

下は……土、というか、土間のようだ。

となりにどさりと転がった気配は、エバンズだろう。

そしてすぐに、目隠しが乱暴にはぎ取られた。

暗い……狭い、建物の中だ。

低い天井は梁がむき出しで、漆喰の壁はあちこちがはがれ落ち、小さな明かり取りの窓枠にランプがひとつ置かれている。

部屋の中には麻袋や木箱が積まれていて、店か小さな工場の、作業場か物置のように見える。

ルイスがなんとか上半身を起こすと、エバンズも同じように起き上がり、男たちをじっと見つめた。

馬車に乗っていた男二人と、御者役の男。

銃を持った男が、この中のボスなのだろう。

「で」

銃を構えた男が、片眉を上げた。

「どっちがバーネットだって?」

「僕です」

「俺だ」

ルイスとエバンズが同時に答え、男は自分の足元にあった木箱を、大きな音を立てて蹴飛ばした。

「ふざけんな! 一人しかいねえってことは知ってんだ」

「……そもそも、バーネットの跡取りになんの用だ」

エバンズがびくついた様子などまったく見せずに男に尋ねる。

「金よ」

わかりきったことだろう、という口調で、男は言った。

「工場で貧乏人をこき使って、ろくな給料も払わねえで、病気になればとっとと首にして、どんだけ儲けてるんだ？　ああ？　その金で、坊ちゃんは贅沢三昧して、寄宿学校に入って、いいご身分だな、ああ？　その金を、ちょっとばかりこっちに回してもらって何が悪いってんだ？」

つまり……これは、身代金目的の誘拐なのだ。

叔父の工場でひどい目に遭った身内か何かの恨みもあるようだ。

跡取りが寄宿学校の生徒であることくらいは調べたのだろうが、十七、八という年齢しか情報がなければ、小柄なルイス、大人びたエバンズ、どちらが本物かわからないのだろう。

だがとにかくエバンズは無関係なのだから、自分がバーネットだとわかってもらわなくてはいけない。

「バーネットは僕です」

ルイスは急いで言った。

「この人は無関係です、僕がいればいいんでしょう？　この人は解放してください」

「って感じに、偽物が本物を庇ってるってこともあるからなあ」

御者役だった男が腕組みしてそう言い、ルイスは唇を噛む。

どうやったら、エバンズは無関係だとわかってもらえるのだろう。

「面倒くせえ」

ボスが吐き捨てた。

「とにかく、どっちかだ。二人とも閉じ込めておけ。どっちにしても、もう片方も坊ちゃんだろうから、身元がわかったら両方から金が取れるかもしれねえ。ここから出すなよ」

そう言って窓枠に乗せてあったランプを持って外に出ていき、残りの二人も続く。

外で閂（かんぬき）を下ろす音がして、部屋は静まり返った。

暗い部屋の中、後ろ手に縛られたまま、並んで座っている。

「……怪我はないか」

最初に口を開いたのはエバンズだった。

その口調があまりにも平静で、普段通りに聞こえ……それがルイスの中の何かにかちんと当たった。

「あなたは……馬鹿じゃないですか！」

ルイスは思わずそう口走っていた。

「こんなことに巻き込まれて……叔父は僕なんかのために身代金を払うわけがない。金が取れなければ、きっと殺される……僕だけじゃなくて、あなたも……！」

「だとしたら」

エバンズの声は相変わらず落ち着いている。

「黙って殺されるのを待つ手はないな」

「だから！　あなたは無関係なんだから、僕だけ残して――」

「さっきの連中の言葉だと、もう片方の家族からも身代金を取れるなら取ろうという考えらしいから、今さらそれは無理だな」

エバンズの声に、かすかな笑いさえ籠もっている。

「……何がおかしいんです……！」

ルイスは逆に、泣きたくなってきた。

「あなたを……巻き込みたくなんて、なかったのに」

「だが俺は、自主的に巻き込まれたかったんだ」

どうしてそんなことを言うのだろう。

もう自分のことなど、放っておいてくれればよかったのに……もともと面倒見がいいのだとしても、これはやりすぎだ。

するとエバンズが、低い声で言った。

「さっき……悪かった」

「え？」

なんのことだろう、と思ってルイスが思わずエバンズを見ると……

エバンズも、ルイスを見つめていた。

明かり取りの小さな窓からかすかに差し込む月明かりがその黒い瞳に映り、優しく、そして切ないいろを帯びていて、ルイスの心臓がどきんと跳ねる。

（キス）

エバンズの唇が、声を出さずにそう動き……ルイスは真っ赤になった。

重ねた唇の感触、抱き寄せられた腕の強さを思い出すと、かっと身体が熱くなる。

だが……

「どうして……あなたが、謝るんです……っ」

したいと思ったのは自分のはずなのに、こんなときまでエバンズは余裕のある上級生顔で、自分のせいにするつもりなのだろうか。

エバンズはふっと目を細めた。

「どうして？　俺がしたいと思ったからキスして、それにきみが驚いて部屋から飛び出した……だったら、驚かせたことを謝らないと」

エバンズが、したいと思ったからした……？

エバンズも、キスしたいと思った……？

ルイスの顔に浮かんだ疑問と混乱を読み取ってか、エバンズの笑みが深まる。

「驚かしたことは、謝る。でもキスしたことは、謝らない。だって、きみもしたいと思ってくれたんだろう？　それは……してみて、わかった」

してみて、わかった。

それは……ルイスの気持ちも、ということなのだろうか。

「僕は……」

ルイスの唇が震えた。

言いたい。言ってしまいたい……言わなくてはいけない。

どうせ知られてしまったのなら、自分の口から。

「僕は……僕は……あなたが、好き、なんです」

「うん」

エバンズが頷く。

「俺も……きみが好きだ。きみに惹かれている。きみは俺にとって、何か……特別なんだと思う」

ルイスがようやく口にできた以上の言葉を、エバンズが返してくれる。

「でも」

エバンズが、ルイスの目を覗き込むように顔を近寄せた。

「きみは俺を、拒絶しようとしていた……初対面から。まだ俺が、きみに好かれる理由も嫌われる理由もないころから。だとしたら、俺自身じゃなくて、俺が誰かを思い出させて……その人を拒絶したいのかと思っていた。違う?」

そんなことまで、エバンズは悟っていたのか。

ルイスは頷く。

「前の……学校の……」

言葉が続かない。

ヒューバートとのことは、まだ後味の悪い、治りきらない傷として疼いている。

するとエバンズは穏やかに言った。

「話してみないか? きみは俺のことを好きだと言ってくれた。それは、その『誰か』と俺が違う人間だと思ってくれたからなんだろう?」

そうだ。

エバンズはヒューバートとは違う。

母の一件から、ルイスの境遇はだいたい把握したのだろうに、それでもルイスを好きだと言ってくれるエバンズは、ヒューバートと重ねるのが申し訳ないくらいだ。

それを、エバンズに知ってほしい。

「……上級生で……貴族の、息子で」

ルイスの唇から言葉が零れ出た。

「前にちょっと話してくれた相手？」

エバンズが尋ね、ルイスは頷く。

「最初は親切にしてくれたんです……優しくて……いろいろ教えてくれたり、して」

エバンズは無言でルイスの顔を見つめている。

「休みに……田舎の家に招いてくれて……お城みたいな、すごいお屋敷で、僕も舞い上がってしまって……でも」

ふう、とルイスはため息をついた。

「使用人が……まるで見えない、存在しないみたいな扱いを受けているのが辛くて……だから、打ち明けたんです……僕が下町育ちで、母がやっぱり、そういう奉公人をしていてって。そうしたら」

（へえ、そうだったの）

（なんだ、箱入りで育ったんだとばっかり思ったから、こっちもじっくり時間をかけようと思ったんだけど、そういうわけじゃないのか）

ヒューバートのあの言葉を、自分の口から再現するのさえ、口惜しい。

「……僕が下町育ちなら、小銭欲しさに客を取ることだって普通だろう、だったら男の喜ばせ方くらい、知ってるんだろうって……い、いやらしいことを無理矢理させようとして」

早口で一気に説明すると、エバンズが息を呑んだのがわかった。

「それを拒否したら……学校がはじまったら、誰も僕を相手にしなくなって……それで転校したんです」

ルイスは急いで話を終わらせる。

すると……エバンズが詰めていた息をふうっと吐いた。

「……それは、いやな思いをしたな」

抑えた声音。

「そいつは卑劣な人間だ。そして、歪んだ欲望を持っている……残念ながら貴族や金持ち連中の中には、そういう欲望と支配欲が一緒になって、弱い相手をはけ口にする人間がいるんだ。学校では下級生を……大人になれば、貧しい子どもを」

その声に、静かだが深い怒りが籠もっているのに気づき、ルイスははっとした。

それは……ルイスの話に出てくるヒューバートに対して、ではなく……もっと何か、エバンズに近い場所で起きたことに対する怒り、という気がする。

そして、貴族や金持ちが貧しい子どもを、というのは……スラムではよくあるらしい。

エバンズはそういう誰かを、直接知っているのだろうか。

ルイスがエバンズの顔を見つめて続きを待っていると、エバンズが唇を噛み、顎を上げて明かり取りの小窓を見上げた。

「俺は……スラムで育った。物心ついたときには親はなく、救貧院にいたんだが、栄養状態の悪い小さな子どもで、口をきくこともできなくて年上の子どもに苛められ、救貧院の職員にも見捨てられ、死にそうになっていたところを……同じ救貧院にいた、ルーイに助けられたんだ」

エバンズが……救貧院にいた？

ルイスは驚いてエバンズの横顔を見た。

その横顔に……何度かエバンズの中に見た、あの、切ないものが、ある。

「ルーイは俺を連れて救貧院から逃げた。そしてスラムで、俺を必死に育ててくれた。家はなく、そのへんのねぐらを渡り歩いて。ルーイ一人で生きてくのも大変なのに、俺がどれだけ足手まといになったか知れないのに、ルーイは仕事を選ばず、時には金持ち相手の……いやな仕事までして、俺を養い、守ってくれたんだ」

ルイスははっとした。

金持ち相手の、いやな仕事。

それは……先ほどエバンズが言った、歪んだ欲望と支配欲を金で解決しようとする大人たちの話に通じるものだ。

もとは赤の他人である、口のきけない小さな少年を守るために、ルーイ自身もまだ子どもだっただろうに、そうやって身を削って……？

エバンズがふうっとため息をつく。

「だけど、ドクターが俺たちを救ってくれた。そういう生活から救い出し、俺たちを家族にしてくれた。そして、もう亡くなっていたがルーイの両親のこともわかって……俺が今名乗っているエバンズというのは、ルーイの父親の名字なんだ」

そういうことだったのか。

エバンズは自分の両親の名前すらわからない。だからエバンズにとっては、ドクターとルーイこそが、本物の、唯一の、家族。

あの、変わった……それでいて優しく居心地のいい「家庭」は、そういう成り立ちを経たものだったのか。

ルイスの胸が、ぎゅっと絞られるように痛くなった。

それに比べれば、親がいて、住む部屋があって、家族が一緒にいられた自分など、どれだけ恵まれていたことか。

エバンズを、育った境遇が違う、などと思っていた自分が情けない。

むしろ自分のほうこそ、そういうエバンズとルーイの経験した苦労を、どれだけ理解できるだろうか、と思う。

ルイスは、スラムで会った、年上の少年からパンを守っていた子を思い出した。

あの子が幼いなりに生きるのに必死で、あのパンが大切なのはわかった。

だが、あの子には決まった寝場所すらないかもしれない、抱き上げた少女も本当の姉ではなかったかもしれない。そして追っていた少年たちも、誰かから奪わなければ今日のパンがないくらいに追い詰められていたのかもしれない、と……そこまでは思い至らなかった。

ルイスは、自分よりも恵まれた人に、自分の辛さはわからないと思っていた。

だが自分よりも辛い境遇の人のことを、どれだけ思いやっていただろう。

自分こそが、なんて世間知らずで傲慢だったことだろう。

「……僕は……」

ルイスの瞳に、苦い涙が滲む。

「僕は……自分が恥ずかしい……っ。僕より辛い人はたくさんいて、置かれた境遇の中で必死に頑張っているのに」

「恥ずかしがる必要も、自分を責める必要もない」

エバンズが首を振る。

「俺にとっても、あの辛さはルーイの辛さであって、俺の辛さじゃない。俺たちがドクターに引き取られたのは、俺が……実は俺は、自分の正確な年齢を知らないんだが、三歳ぐらいのときだから、俺自身がスラムにいた記憶はもうおぼろなんだ。ただ、ドクターの家で食べた糖蜜のサンドイッチがおそろしくおいしかったことは覚えていて、それは俺たちが最初にドクターの家に行ったときのことらしい」

糖蜜のサンドイッチ。

ルイスがディキーと食べた昼食が、それだった。

エバンズにとって、あの家の、あの居間で幼い子どもが食べる糖蜜のサンドイッチは、特別な意味を持つものだったのだ。

エバンズは静かに言葉を続ける。

「ドクターの家に引き取られてからは、ドクターの知り合いにも可愛がられた。家政婦のバリー夫人や、レディ・ブレイルズフォードや、レイモンド夫人や……」

レディや、エバンズと会った夜会の女主人がエバンズを「おちびさん」と呼んでいたのは、そういう幼いころから見ていた人たちだからなのだろう。

「俺も、他人の辛さは想像するしかない。俺が恵まれた境遇で育ったことは確かなんだ。だがそれがルーイの苦労の上に成り立っていることは、一度も忘れたことがない。だからこそ……転入直後に下級生の水汲みを手伝おうとしたきみが……他人の辛さを思いやれることを知っている人だとわかって……驚いたし、きみが気になった」

気になった……そんなに、最初から？

驚いているルイスを、エバンズが真剣な瞳で見つめる。

「そして、きみが俺を拒絶するたび……それは何か、きみが過去に受けた辛い思いに関係しているんじゃないかという気がしてならなかった。俺がもしかして何かいやなことを思い出させるのなら、無理に近寄らないほうがいいんじゃないかと思ったり」

ルイスの態度を、エバンズはそんなふうに受け取り、考えていてくれたのだ。

「それでも、レイモンド夫人の夜会で会ったときとか、スラムで子どもを庇ったときとか……きみの行動の裏にあるものが気になって、ついお節介をせずにはいられなくて」

「お節介なんかじゃ……僕は本当に失礼なことばかり言ったりしたりしていたのに」

ようやくルイスはそう口を挟む。

するとエバンズが切なく目を細めた。

「俺はたぶん、ドクターとルーイが俺の救いになってくれたように、誰かの救いになりたかったんだ。ルーイが俺のために払ってくれた犠牲はあまりにも大きくて……それをルーイに返すことは難しいし、今のルーイには、必要のないことだ。だから俺の想いはずっと宙ぶらりんで……だったら俺が、他の誰かの救いになることで、何か……過去への借りを返したかったというか。でもそれは俺の勝手な思い込みだった」

「いいえ！」

ルイスは首を振った。

「救いに、なってくれました。僕は、誰も信じられなくなっていて……でも、あなたは信じられる人だと、この人は信じてもいいんだと思わせてくれた……それが、今の僕の、救いなんです……！」

頬に涙が零れ出た。

ヒューバートとは違う。

そう思うたびに、かさぶたがはがれるような痛みを伴いながらも、確かにルイスは、過去の傷から立ち直っていたのだ。

誰かを信じられる、好きになれる……それは孤独なルイスにとって、本当に必要な、心の栄養だったのだ。

「……本当に、そう思ってくれるのか？　俺が……きみの救いになったと……？」

声がわずかに震えている。

「俺は、誰かの役に立とうと、ずっと心がけてきた。でもきみに出会ってから……俺は、誰でもいいのではなく、きみに、俺を必要としてほしいんだと……本当に特別な相手のために何かすることこそ、俺が求めていたことだと気づいた。きみが俺に救われたと言ってくれるのなら……俺は、本当に嬉しい……！」

本当に特別な相手のために、何かをしたい。

ルイスに出会うことで、エバンズは、自分が本当に求めていることを自覚した。

そう思っていいのだろうか。

自分がエバンズに救われることが、エバンズにとっての喜びなのだと。

ルイスが頷いて瞬きをすると、瞳に残っていた涙がまた頬に零れる。

エバンズがゆっくりと顔を近寄せてきて、その、頬を伝う涙に唇をつけた。

唇が、熱い。

その唇が触れた頬が、熱い。

その唇が横に辷り……ルイスの唇と重なった。

誰かと唇を重ねるということが、こんなにも心震える、胸を熱くすることだとは知らなかった。

いや、ただの「誰か」じゃない、エバンズだからだ。

ルイスがエバンズを求め、エバンズがルイスを求めてくれ、その気持ちが重ねた唇から互いの全身に伝わる、甘く痺れるような感覚。

後ろ手に縛られていなければ、互いの身体に腕を回すこともできるのに。

そう思ったルイスは、はっと我に返った。

今のこの状況を、なんとかしなくてはいけない。

「エ……エバンズ」

唇を離してそう言うと、エバンズも頷く。

「ああ。このまま朝を待つつもりはない」

今の時間がわからないが、叔父の家を飛び出してからのことを考えると、まだ日付は変わっていないだろうという気がする。

「……ひとつ、当てにしていることはあるんだ」

エバンズはそう言って、後ろ手に縛られた状態のまま立ち上がった。

「立てるか？」

当てにしていること……何か、逃げ出す方法があるのだろうか。

「……ええ」

ルイスも、左右に身を捩りながら立ち上がる。

「壁に寄れ、扉の脇に」

エバンズに言われるままに、ルイスは扉の脇に身を寄せた。

するとエバンズは、部屋の中に置かれていた麻袋や木箱を見回し、二つ重なっていた木箱に狙いを定め、上の木箱をいきなり横蹴りにした。

上の木箱は横にすっ飛び、隣の木箱に派手な音を立ててぶつかった。

するとその、ぶつかった木箱が次の木箱にぶつかって大きな音を立て、止まる。

「……こんなもんでどうかな」

エバンズが呟き、外の気配に耳を澄ませた。

――何も、聞こえない。

「もう一度か」

エバンズがそう言って、また別の木箱に狙いを定めたとき。

「……ったい、何をしやがった」

忌々しげな声とともに、足音が聞こえた。

閂が開く音。

「おい。何事だ！」

扉が開き、男が二人入ってくる。

ボス以外の、御者役の男と、もう一人……馬車の中でルイスの口を塞いでいた、三人目の男だ。

「くそ、灯りを持ってくるんだった」

暗がりで、何がどうなっているかよくわからないのだろう、御者役の男が呟いたとき。

「おい、あれはなんだ！」

もう一人の男が、エバンズがいるのと反対側、何もない方向を指して叫んだ。

「え？」

御者役の男が驚いてそちらを見た瞬間、三人目の男が両手を組み合わせた拳で、御者役の男の後頭部を殴りつけた。

「う！」

男は前のめりに、土間に顔をぶつけるように倒れた。

その男には構わず、第三の男はエバンズの縛めを手早く解く。

エバンズは倒れている男の側に膝をつき、男が気絶していることを確かめた。

「……ったく」

男がため息をつく。

「危ない橋を渡らせるもんだな、ドクターの助手さんよ。どっかで見た顔だと思って……途中で思い出した」

「ありがとう、助かったよ」

エバンズがほっとしたように男に礼を言う。

「ドクターには、おふくろを助けてもらったからな。だがこれで、貸し借りはなしだ」

男がそう言いながら、ルイスの腕も解放してくれる。

そうか……この男の母親はドクターの患者で、男はエバンズを見知っていたのか。そしてエバンズは、この男が誰か、どの時点で気づいたのか、とルイスは思った。

そのとき……

「どうした、なんだってんだ」

苛立ったように言いながら、ボスが片手にランプを掲げて、扉の脇にいるルイスには気づかずに中へ入ってきた。

倒れている御者と、その脇に立っているエバンズを見つけ、

「なんだ、どういうことだ、このやろう！」

上着のポケットに手を突っ込んだのを見て、ルイスはぎょっとした。

銃を出すつもりだ。

とっさにルイスは、傍らにあった小さめの麻袋を掴んだ。

小麦粉か何かが入っているらしい、ずっしり重い袋を渾身（こんしん）の力で振り上げ、ボスの後頭部目がけて振り下ろす。

「ぐわ！」

ぶつかった手応えとともに、ボスが声をあげ、ランプが土間に落ちた。

「何をしやがる！」

ボスがよろめきながら銃を取り出しかけたところへ、エバンズが握った拳を正面からボスの顔に打ち込んだ。

「うぐっ」

ボスの身体がルイスの足元まで吹っ飛び、仰向（あおむ）けに倒れた。

エバンズがボスに飛びかかって、その身体を俯せにひっくり返して背中に乗る。

「銃を！」

ルイスにそう言ったので、ルイスは急いでボスのポケットから銃を取り出した。

生まれてはじめて触る銃は、ずっしりと重い。

エバンズがそれをルイスの手から受け取って、土間の隅に放り投げた。

「やろう……っ」

ボスがもがいてエバンズを自分の上から振り下ろそうとする。

「縛れ」

エバンズの声に、ルイスは自分を縛っていた縄でボスの足首を縛り、エバンズを縛っていた縄で、腕を後ろ手に縛った。

エバンズはルイスがボスにぶつけた麻袋を破って中身を土間に開け、その袋をボスの頭に被せる。

それから、エバンズは二人を助けてくれた男を見た。

男は壁際に張りつくようにして、無言でエバンズとルイスがボスをやっつける様子を見ていたが、唇に人差し指を当て、もう一本の縄を差し出す。

エバンズは頷いて男の腕を後ろ手に縛り、男は土間の隅に行って、自ら俯せに転がった。

こうしておけば、男が裏切ったとは思われない。

エバンズが御者を後ろから殴りつけて気絶させ、もう一人の男とボスも倒した、という筋書きなら、男の身が危うくなることもないのだろう。

「行くぞ」

エバンズが小声で促し、ルイスは頷き返して、扉を出た。

そこは、スラムの路地の奥らしかった。

狭い路地に、月が複雑な陰影を落としている。

エバンズは左右を見回し、

「とにかく……ここを出ないと」

そう言って、ルイスに手を差し出す。

ルイスは自然にその手に自分の手を載せ……ぎゅっと手を繋いだまま、エバンズが早足で歩き出した。

と、背後でざわめきが聞こえた。

「おい、どういうことだ！」

「逃げやがった！」

ルイスははっとした。

賊はあの三人だけではなく、他にも仲間がいたのだろうか。

「便乗する連中もいるだろうな……どっちにしても、俺たちはいい獲物だ」

エバンズは足を早めながらそう呟く。

「あれだ！」

「いたぞ！」

背後から声がして、エバンズとルイスは手を繋いだまま走り出した。

しかし背後から複数の足音が近づいてきて、とっさにエバンズは建物と建物の隙間に身体を押し込み、ルイスを抱き寄せる。

「なんの騒ぎだよ！」

「二人連れの若造を捜せ！　見つけたら分け前だとよ！」

若い……まだ少年のような声が、そう言いながらすぐ側を通り過ぎていく。

逃げられるだろうか。

人の気配が薄れたのを見て、エバンズがまた通りに出て左右を見回し……

「ああ、わかった」

少し明るい声でそう言うと、再びルイスの手を握った。

「こっちだ」

その声が心強く、ルイスはまたエバンズについて走り出した。

それから二、三度物陰で追っ手をやり過ごし、エバンズは一軒の建物に飛び込んだ。

扉の内側に引っ張り込まれてから、ルイスはそこが、ホテルらしいと気づいた。

まだスラムを完全に出たとは思えないのだが、こんな場所にある安宿にしては、一応フロントらしきものがあって、狭いカウンターに呼び鈴が置かれている。

エバンズがその呼び鈴を鳴らすと、奥からゆっくりと、眠そうな顔をした一人の老人が出てきた。

「こんな時間に、部屋はねえよ」

そう言ってからエバンズとルイスの服装をまじまじと見る。

「ああ、失礼、旦那。このへんの貧乏人かと思ったよ。わけありですかい？」

「ああ、ちょっとね。一部屋頼む」

エバンズが悪びれずに堂々とした態度で言った。

帽子はどこかでなくしてしまったようだが、着ている上着は最近流行りはじめた、実用的な短めの丈のフロックだし、大人びたエバンズは、薄暗がりの中だと夜遊びをしている貴族の坊ちゃんのように見えるのだろう。

「二階の右奥にどうぞ」

老人は鍵をカウンターに置いた。

「あと、明日の朝、誰か近所の子どもでペルメル街まで使いに出てくれる子を寄越してほしい。何か書くものはあるかな」

「手紙を書くんでしたら、これを」

老人が慣れた様子で、数枚の紙と、インクとペンを入れた箱のようなものを寄越す。

「ありがとう」

エバンズは上着のポケットからクラウン銀貨を一枚取り出してカウンターに置く。

「へへ、これは」

気前のいいチップに老人が嬉しそうに笑うのを見てから、エバンズはルイスを視線で促して、階段を上った。

部屋に入ると、そこはベッドが一台置かれた、狭い部屋だった。

暖炉には火が入っていないし、窓にかかったカーテンは薄くて隙間から月明かりが入っているし、ベッドの他には小さな書き物机のような台がひとつ置かれたきりだが、意外にもこざっぱりして、寝具にも染みなどなく糊(のり)がきいている。

「疲れただろう、これでひとまず安心だ」

エバンズがようやく笑顔を見せてベッドに座り、隣を軽く叩いた。

他に座る場所はなく、ルイスも崩れるように、ベッドに腰を下ろす。

「ここなら、明日の朝まで安心できる」

エバンズがそう言ったので、ルイスは彼を見た。

「知っているホテルなんですか？　スラムにこんな宿があるなんて知りませんでした」

「泊まるのははじめてだけど」

エバンズはちょっと言いよどんだ。

「金持ち連中が……悪い遊びをするのに使うようなところだ。まあその、さっき話した、遊び相手を買うとか、一時的に借金取りから身を隠すとか、用途はいろいろだけど、金さえ払えば何も詮索されない」

　そういうことか、とルイスは部屋を見回した。

　金払いのいい客が使う場所なのだ。

「あ、でも」

　ルイスはふと不安になった。

「支払いは……」

「ああ、さっきのチップで、俺の手持ちもおしまい。だから明日の朝、ドクターに使いを出して、金を持って迎えに来てもらわないと」

　そういうことをとっさに、エバンズはよく考えているのだとルイスは感心した。

「そういえば」

　ルイスは、ずっと自分が気になっていたことを思い出した。

「僕を……スラムで助けてくれたとき、エバンズがあそこにいたのは、ドクターのお使いだったんですか？」

　あれほど「尋きづらい」と思っていたことがするりと口から出てくるのは、エバンズに知られて困るようなことはもうなく、エバンズも同じだとわかるからだ。

　エバンズは頷いた。

「あの近くいる患者に、薬を届けに行ってた。貧しい人を無償で診るドクターをうさんくさいと思ってる連中や、そういうドクターからでも金を盗ろうとする連中がいるから、用心はしてるけど」

エバンズのようにスポーツの成績もよくて腕っぷしが強ければ、二人や三人の悪童など相手にならないだろうが、もし相手が武器を持っていたら……

そう考えた瞬間、先ほどの連中のボスが持っていた銃を思い出し、ルイスの身体がぶるりと震えた。

本当に、二人とも危ういところを逃れたのだ。

「……どうした？　寒いか？」

エバンズが尋ね、ベッドから立ち上がる。

「何しろ暖炉に火が入っていない。ベッドで寝てしまうしかないな」

そう言って、さっさとエバンズが上着を脱ぎ、ズボンを脱いでシャツ一枚になった。

もちろん、部屋にベッドはひとつしかなく、他には椅子さえないので、今夜はこのひとつベッドで寝るのだ。

ルイスも慌てて同じようにシャツ一枚になり、ベッドに入る。

仰向けになったエバンズの隣に、なんとなく背を向けて横になると、エバンズが布団をかけてくれる。

「おやすみ」

エバンズはそう言ったが、ルイスは眠れるような気がしない。

エバンズの身体が、すぐそこにある。

好きだと自覚して……キスをした相手が、すぐ隣で横になっている。

体温が感じ取れる距離に。

なんだか……心臓がどきどきして、その音がエバンズに聞こえてしまいそうだ。

それでも息を殺して目を閉じ、なんとか眠らなくてはと思っていると……

「眠れないか？」

エバンズが、言った。

その声にも、眠気は感じ取れない。

「……すみません」

「謝るな、きみはすぐ謝る」

エバンズは苦笑した。

「子守歌でも歌ってやればいいんだが……それは俺には無理だしなあ」

子守歌。

そういえば、ルイスがディキーに歌ったもぐらの歌を聴いて、エバンズが母さん鴨の歌を知っているかと尋いたのだった。

そしてエバンズ自身は、その歌は歌えない、と。

「……エバンズが知っている……歌える子守歌は、何かあるんですか?」

自分も知っている歌があるかもしれないと思いながらルイスが尋ねると……

「知ってる歌はいくつかあるんだが、歌える歌はひとつもない」

エバンズが答え、その声音に何か、途方に暮れたような響きがあるのが意外で、ルイスは思わず寝返りを打って、エバンズを見た。

窓にかかったカーテンの隙間から差し込む月明かりで、困ったようなエバンズの横顔が見える。

「え……と、どういう……」

「俺は、音痴なんだよ」

自分の腕を枕に仰向けになっていたエバンズは、情けなさそうにルイスを見る。

「ひどい話だろう? ルーイの子守歌を聴いていたくせに、自分では歌えないんだ。音程も声も壊滅的らしくて、聖歌隊の先生が絶句してた」

音痴……勉強もスポーツもできる、人望の厚い監督生で、できないことなど何ひとつないように見えるエバンズが、音痴。

あまりにも意外な言葉に、ルイスは絶句し……そして、はっと思い当たった。

「あ、じゃあ……母さん鴨と子鴨の歌って、ルーイさんが歌ってた……?」

あの夜、テラスで聴いた美しい声。

あの歌を再現しようにも、エバンズは再現しようがなかったのだ。

エバンズは頷く。

「あれが、その歌だ」

かすかに洩れ聞くだけでも、本当に美しい声の、心に響く歌だった。

エバンズは天井を見上げながら低い声で言った。

「ルーイの声は、天から授かった特別なものだ」

ルイスにもそれはわかる。

「僕はあのとき、ちょっと聴いただけですけど、そう思いました。大勢の人に聴かせられる歌だって」

するとエバンズは、ルイスのほうを見た。

「……歌ってたんだよ、実際。俺は覚えていないけど、ドクターに引き取られた直後、ルーイは一時期あの、レイモンド夫人のサロンとかで歌ってたんだ。でも」

言葉を切り、切なげに目を細める。

「ルーイは、自分の歌を必要としてくれるただ一人のために歌うほうを選んで、人前で歌うのはやめたんだよ」

「ただ一人の人……？」

そのころまだエバンズが幼かったというのなら、それはエバンズではなかったのだろうか。

「不眠症の、ドクター・ハクスリー」

さらりと、エバンズは言った。

「あの二人は、お互いが特別だってことを見つけたんだ。ドクターはルーイの歌があれば眠れる。そしてルーイは、ドクターのためだけに歌うことにした」

その声音の中にある何かが、ルイスの胸を打った。

ドクターとルーイは、互いを特別だと思い……そしてルーイは、あの美しい、天から授かった特別な声で、ドクターのためだけに歌うことにした。

その「特別」がどういうものなのか、ルイスにも想像がつく。

あの夜もルーイは、ドクターのために歌っていて……エバンズはそれを洩れ聞いて、切なげな顔をしていたのだ。

「ああ、もちろん」

エバンズはちょっとおどけたようにつけ加える。

「ドクターのためだけとは言っても、俺は例外だったらしいが……何しろ俺は実は、おそろしく寝つきがよくって、ドクターの家に引き取られてからは子守歌の必要がほとんどなくなってしまったんだな」

軽い調子でそう言うが、その裏にも、何か寂しげなものがある。

「もしかして……エバンズは、ルーイさんを」

ドクターとルーイがそういう関係だと言うのなら、エバンズのルーイに寄せる想いもまた、同じものではなかったのだろうか。

エバンズは少しの間無言でいたが、やがてゆっくりと頷いた。

「たぶん、俺にとっての……初恋のようなものなんだろう」

低く、言葉を続ける。

「寄宿学校に入る少し前くらいかな、突然、ドクターとルーイの関係に合点がいったんだ。それまでは……わかってなかったんだな。俺たち三人は、それぞれ平等に残りの二人を好きなんだと思ってたんだ。だが実は、あの二人の間には、俺が入り込めない特別な何かがあると悟って……それはかなりショックだった。そしてどっちかっていうと、ドクターに嫉妬した……それで、気づいたんだ。ルーイへの、俺の気持ちを」

エバンズの頬に笑みが浮かぶ。

「だけどだんだん、理解した。あれは、初恋ではあるけど……子どもが母親に抱く気持ちにも似ていたって。母親を大好きな子どもが、ある日突然、母親は父親の奥さんなんだっていう当たり前のことに気づく感覚なんだろうなって」

母親は父親の奥さん。

ルイスには、エバンズが言いたいことがわかった。

子どもにとって、特に男の子にとって、母は特別な存在だ。自分だけを愛してくれる、自分だけのものだ。

だがその母と自分は、いつかは離れるべき関係で……母が最後まで生涯をともにするのは父のほうなのだと気づく。

もちろんルイスの両親のように死に別れることもあるし、父と母の間に愛情がなくなることもあるだろう。

それでも子どもは決して、父の代わりに空いた場所を埋めることはない。

子どもは子どもでいつか、自分だけの存在を見つけるものだ。

そういうことを、普通の家庭なら自然に、当たり前に悟っていくのだろうが、エバンズにとってはそもそもドクターとルーイは「家族」であっても「両親」ではなかったのだから、気づき方が違ったのだろう。

と、エバンズはもぞりと身体の向きを変え、横向きに、ルイスと向かい合った。

息を感じられるほどの近さ。

「ドクターとルーイは、互いを見つけた。そして俺も、自分にとっての特別な人をようやく見つけた、と思ってるんだが」

ルイスは、かっと赤くなった。

「……きみの歌声を聴いたとき……ディキーに歌っているのを聴いたとき、きみの中に、温かくて優しくて切ない、特別なものがあるような気がした。その後、もう一度俺に歌ってくれたとき……ずっと心を鎧っているように見えたきみの中に、外からは見えない、豊かな感情をなみなみと湛えた泉があるような気がしたんだ。そして俺は、それをもっと知りたいと思った。きみの奥深くにあるものを、すべて」

感情を湛えた泉。

その表現が、ルイスの胸をきゅうと締めつけた。

叔父に引き取られて以降、さまざまな感情を抑え込んできた。

ヒューバートの前でそれをうっかりと、ほんのわずか零したら、気まずい結果になり……それ以来さらに慎重に、抑え込むようになった。

それでも、そもそもルイスは感情豊かな子どもだったはずなのだ。

エバンズはそれを見抜いた。

ルイスの歌を聴いただけで、理解してくれた。

自分のことを、わかってくれる人。

そして……ルイス自身、いつしかエバンズをもっと、深く深く知りたいと思うようになっていた。

「ルイス」

エバンズが、ルイスの名を呼び……ルイスははっとした。

「ルイス」

もう一度、エバンズがルイスを呼ぶ。甘さを増した声で。

「そう呼びたかった……いや、うっかり呼んでしまったこともあるな。距離感の変化を怖がるかと思って抑えていたんだが」

ルイスの頬がじわじわと赤くなる。

「ぼ……僕は……でも、あの、ルーイさんのことを呼んだのかと思って」

テラスでルーイの歌を聴いたあとの「ルイス」は、ルーイのことではないかと思ったりもしたのだ。

あのときルイスは、エバンズのルーイに対する複雑な思慕を、感じ取っていたのかもしれない。

だがエバンズは、驚いたように眉を上げた。

「ルーイの名前は、ルイスじゃない。ルーイの母親はフランス人で、ルイ、と名づけたらしいんだ。だからルーイは正式にはルイで、呼び名はルーイで……ルイスだったことは一度もない。俺にとってのルイスは……きみだけだ」

それでは、あのときも……エバンズは自分のことを、「ルイス」と……あんなにも優しく温かく、呼んでくれたのか。

嬉しい。

「……サミュエル」

とうとう、ルイスの唇から、なんの努力も必要とせず、その名が零れた。

「僕も、そう呼びたかった……！」

「ああ」

エバンズが目を細めた。

「きみにそう呼ばれるのが、どれだけ特別なことかわかるから……本当に嬉しい」

そう言って、顔を近寄せてくる。

「好きだ……ルイス。他の誰とも違う、きみという人が、好きだ」

ルイスの全身がぶるりと震えた。

「僕も……あなたが好き……サミュエ……」

語尾は、エバンズの唇に吸い込まれた。

キス。

自分から望み、そして相手から望まれていると確信できるキスが、これほどまでに心を熱くし、身体の芯を痺れさせるようなものだとは、知らなかった。

唇を重ね、押しつけ、わずかに離れてはまた角度を変えて重ねながら、エバンズの腕がルイスの身体を抱き寄せた。

互いに薄いシャツだけをまとった、身体の線がはっきりとわかる抱擁。

骨組みのしっかりとした、逞しいエバンズの身体。

その鼓動まで感じ取れそうで、ルイスの鼓動も速まる。

唇の合わせ目をエバンズの舌がくすぐり、力の抜けた隙間から忍び込む。

ルイスの歯列をなぞり、舌を探り当て、絡める。

その、濡れた肉の感触が甘く、優しく、熱い。

「んっ……」

鼻に甘い声が抜けた。

ルイスはまるで溺れる者のように、エバンズのシャツの、胸の辺りを摑んだ。

と……唇が、離れる。

閉じていた瞼(まぶた)を押し開けると、エバンズの戸惑ったような瞳が、すぐそこにあった。

「ええと……困ったな。ベッドに入ったときには、なんとか理性が働く自信があったんだが」

「え……」

ルイスが一瞬その言葉の意味を摑み損ねていると、エバンズがわずかに、腰の辺りをルイスの腰に押しつけてくる。

「あ」

兆した熱の塊を感じ、ルイスはかっと赤くなった。

「正直言って、きみが、欲しい……けれど」

エバンズが躊躇って言葉を探す。

「こういうことが……きみに、いやなことを思い出させるのなら」

エバンズが言っているのは、ヒューバートとのことだ。

ルイスが下町育ちと知った瞬間に態度を変え、下劣なことを求めてきた。

だがこれは、まったく違う。

互いを、心ごと、身体ごと知りたい、という想い。

それは、叔父の家でエバンズにキスをされたとき、ルイス自身も確かに感じた欲求だ。

ルイスはあのとき、それは相手に知られたら軽蔑されるような「肉欲」だと思ったが、
エバンズに求められて感じるのは、むしろ喜びだ。

自分が求めていることを、相手が求めてくれる……それが二人にとって正しくないこと
なら、この世に正しいことなど何ひとつない。

そんな気持ちを表す、一番単純な言葉が、ルイスにはわかった。

「僕、も……あなたが欲しい」

エバンズが息を呑んだのがわかり……

「……だったら、遠慮しない。あとで気が変わっても遅いからな」

照れくささの混じった不敵な笑みを片頬に浮かべてそう言うと、エバンズはもう一度、

ルイスと唇を重ねた。

すぐに舌が入り込み、ルイスも応える。

唾液の混じり合う深いキスを繰り返しながら、エバンズの手がシャツの裾を捲り上げ、忍び込む。

掌で素肌を触られ、その熱さにルイスはぞくりとした。

いや……熱いのは、エバンズの掌ではなくて、自分の身体だろうか。

脇腹から這い上がってきた手は、ルイスの素肌の感触を確かめるように何度も同じ場所を行き来しながら少しずつ場所を変えてくる。

ルイスは、キスとエバンズの手と、どちらの感覚を追ったらいいのかわからない。

エバンズの舌先が口蓋を舐めると、それだけでぞくぞくする。

「……っ……っ」

舌で舌を舐め合う感触が、甘く生々しい。

胸の辺りにぴりっとした感じがして、ルイスはびくりと身を震わせた。

「……っ」

エバンズの指が、ルイスのささやかな乳首を探り当てたのだ。

指の腹で軽く掠め、悪戯するように擦られただけで、背中に電気が走ったかのように腰が浮いた。

「……んっ、んっ」

自分の鼻から甘い声混じりの息が抜けるのが、恥ずかしい。

エバンズの指が乳首を摘まみ、捏(こ)ねる。

そんな場所が何か感じるなどと思ったこともなかったルイスは、混乱し、エバンズの肩にしがみついた。

左右を交互に弄(いじ)られると、頭の芯が痺れてくるような感じがする。

と、ルイスの口の中からエバンズの舌がゆっくりと出ていき、そして合わせた唇の位置が少しずれた。

「……はっ……っ」

息をしようとして、思いがけない喘(あえ)ぐような声になる。

思わず頬を染めてエバンズを見ると、エバンズがちょっと目を細め、それからルイスの首筋に顔を埋(うず)めた。

唇が、首筋から鎖骨、耳の辺り、そしてシャツの襟をずらして肩の辺りへ、と彷徨(さまよ)っていく。

エバンズの唇が触れる皮膚すべての感覚が鋭敏になって、怖いほどだ。

自分の身体はどうなってしまったのだろう。

と、エバンズの唇がルイスから離れ、乳首を弄っていた指の感触もなくなったかと思うと、エバンズが少し身を起こした。

ルイスのシャツを脇の辺りまで捲り上げ、

「腕……上げて」

唆すように促す。

何かを考える前にルイスはその声に従って腕を上げ、シャツはあっさりと頭から抜かれた。

「寒くないか?」

エバンズの声に、ルイスは首を振る。

暖炉の火も入っていない寒い部屋のはずなのに、身体はじっとりと湿り気を帯び始めている。

「片方だけじゃ不公平だな」

エバンズはちょっと照れたようにそう言って、自分も着ていたシャツを脱ぎ捨てる。

ルイスは、露わになったエバンズの上体に、思わず見とれた。

想像していた通りの、しっかりした骨組みの、もうほとんど大人の身体。

均整の取れた筋肉の滑らかさは、彫刻のようだ。

それでいて、生身の男らしさに溢れている。

どんな……感触なのだろう。

ルイスは思わず手を伸ばして、エバンズの胸の辺りに触れた。

指の腹を押し返してくるような張りのある肌。

エバンズがくすぐったそうに片頬を歪め、それからゆっくりとルイスの上に上体を倒してくる。

ルイスがその身体を両手で受け止め、背中に腕を回した。

ぴったりと胸と胸が、素肌と素肌が重なる。

「あ……」

ルイスは思わずため息を洩らした。

近い。エバンズと、こんなにも近い。

こうしているだけで満足なような気もするのに、身体の奥から「これだけでは足りない」と何かが急かしているようにも思える。

エバンズも同じことを感じているようで、再びルイスに口づけながら、今度は少し性急に掌と指でルイスの身体を探り始める。

同時に、エバンズが腰の辺りを、ルイスの同じ場所に押しつけてきた。

――熱い。

下着越しに、エバンズの熱さと、自分の熱さを感じる。

エバンズの手が、下着の上からルイスのそこを掌で覆い……握った。

「あ」

　ルイスは思わず喉を反らした。

　その喉に、エバンズが口づけながら、やわらかくルイスの性器を揉む。

「っ……あ、やっ……っ」

　アームスの寄宿舎では、自慰を禁じるために両手を布団の上に出して寝ることを求められたほど、それはよくないこととされていた。

　それでももちろん、皆こっそりと欲求は発散しないわけにはいかなかったが、いつでもそれは後ろめたい行為で……ましてや、自分以外の誰かに触らせるなどとんでもないことだと思っていたのに、それがエバンズだと思うと、興奮が増す。

　恥ずかしいのと、気持ちいいのと、どちらが勝っているのかわからなくなる。

　あっという間にルイスが張り詰めたのを悟ったのか、エバンズの手が一度離れ、ルイスの下着を手探りで緩め、腿の辺りまで引き下ろした。

　エバンズ自身の下着も同じように下ろしているのがわかる。

　そして……熱いものが、直接ルイスの性器に触れた。

「あっ……あ」

　エバンズの猛ったものと一緒に、エバンズの手に握り込まれたのだ。

　薄い皮膚を通してエバンズ自身がどくどくと脈打っているのが感じ取れるようだ。

エバンズの手が、二人のものを握って上下に動き始めた。

「んっんっ……く、あっ……っ」

全身が総毛立つような、未知の快感に、ルイスは身を捩った。

くちくちと湿った音が響きだす。

このままでは……あっという間に達してしまう。

「……ルイ、スっ……」

エバンズが苦しげな声音で言った。

「一度……一緒に、いいか？」

我慢できないのはエバンズも一緒なのだ、とわかってルイスの身体はさらに熱を増した。

「んっ……」

唇を噛んで頷くと、エバンズの手が速まる。

あっという間に、腰の奥にわだかまっていた熱は、出口を求めて渦巻きだした。

「あ、あ、あ……や、も——」

後頭部をがつんと殴られたような衝撃とともに、快感が迸(ほとばし)る。

全身からぶわっと汗が噴き出し、身体がこわばる。

エバンズの手がさらに数度こすると、エバンズのものも痙攣(けいれん)し……熱いものが、二人の性器を濡らした。

はあはあという荒い息が耳に入り、ルイスは目を開け、視界が曇っているのを感じて瞬きすると、涙が目尻から零れた。

きつく眉を寄せていたエバンズも目を開け、ルイスを見た。

黒い髪が汗で額に張りつき、目尻が紅潮して、おそろしく艶っぽく見える。

「……いった、な」

片頬に照れ隠しのような笑みを浮かべてエバンズがまた、ルイスの上に身体を倒してくると、ルイスの耳元に唇を当てた。

「……でもまだ、全然足りた気はしない」

押し殺した囁き。

確かに……精を吐き出したばかりのエバンズのものは硬さを保ったままだし……ルイスも、自分でするのとは比べものにならない快感だとは思ったが、それでもまだ、何かが足りないという気がしている。

互いを……もっともっとちゃんと、深く、知りたい。

と、エバンズが顔を上げ、額と額をつけるようにして、ルイスの目を覗き込んだ。

「ここ」

精液をまとったままのエバンズの手が、ルイスの内腿をゆっくりと撫で、脚の間に入り込み……奥へと、差し込まれる。

思いがけない場所に触れられ、ルイスはびくりと跳ねた。

「ここに」

エバンズが囁く。

「入れたい……でも、いやなら」

入れる……エバンズのものを、自分のそこに。

男同士でもそこで繋がれるということを、ルイスは漠然とは知っていた。

それが……可能なら。エバンズと自分が、ひとつになれるのなら。

ルイスは目元を赤く染め、頷いた。

「してほしい、あなたがしたいこと、全部」

切れ切れにそう言うと、エバンズは一瞬息を止め……そしてルイスに優しく口づけた。

「じゃあ……こっち」

そう言って、ルイスの身体を俯せにひっくり返し、腿の辺りにわだかまったままだった下着を足から抜き取ると、腰を引いて膝を立てさせる。

ルイスは、エバンズの前で腰を掲げるような格好に戸惑ったが、彼に任せるしかない。

エバンズの手が、ルイスの双丘をいとおしむように両手で撫で回したかと思うと……そこを、手で左右に割り裂いた。

次の瞬間、そこに、ぬるりとした熱いものを感じる。

「え……なっ」

ルイスはぎょっとして後ろを見た。

エバンズが、そこに顔を埋めて……舌で、そこを、舐めている。

驚いて前に逃れようとしたが、エバンズの腕が腰をぐっと引き寄せ、逃げられない。

「あっ……やっ、だめっ……っ」

恥ずかしい。

恥ずかしいのに……ルイスはそれとは別の感覚が確かに生まれてきたのを感じた。

くすぐったいような、焦れったいような……腰の奥がうずうずするような。

唇で吸われ、舌先で突かれ、びくんと身体が跳ねる。

執拗に舐め蕩かされ、次第にそこがじくじくと熱を持ってくるような気がする。

と、舌の感触が離れ、部屋の寒さを感じた次のとき……

そこに、わずかにひやりとする、硬いものが押し当てられた。

指、だ。

「痛かったら……言え」

エバンズがそう言って、ゆっくりとその指を押し込んでくる。

「んっ……っ」

異様な感覚に、ルイスは唇を噛んだ。

自分の内側に、異物が入ってくる。

入り口がひくついて、押し戻そうと抵抗しているように感じる。

だが、指の腹がゆっくりと内壁を撫で、ぐるりと回って中を押し広げるような動きをするのを頭の中で追っているうちに、なんだかおかしな感じがしてきた。

むずむず、する。

悪寒に似てまったく違うものが背中を疼かせ、エバンズの指の動きを追うように腰が揺れ出す。

まるで……身体が勝手に、もっと、と言っているかのように。

「……ふっ……くぅ、うっ……っ」

指が二本に増え、圧迫感が増すが、同時に中を広げられさらに奥まで届くのを感じ、頭の中が熱くなってくる。

指が、どこか一点を強く押した瞬間……

「あ――！」

後頭部まで駆け上がる痺れに、ルイスはのけぞった。

「あ、ああ、あ、そこっ……っ」

繰り返しそこをこすられ、指が何度もそこを通って往復するうちに、ルイスは吐精して一度は萎えた自分のものが、痛いほどにまた勃ち上がっているのがわかった。

エバンズにもそれがわかったのか、片手を前に回し、ルイスのものをゆるく扱(しご)きながら、後ろにはさらに深く指を入れて抜き差しする。

「ゃ……っ、あ、あ、も……っ」

この状態が永遠に続いたら、どうにかなってしまう。

確かに快感なのに、決定的な何かを貰えずに焦らされ続けているようだ。

「お、ねがっ……」

何を口走っているのかわからないままにそう言うと……

ちゅぷりと音を立てて指が引き抜かれ、性器を扱いていた手も離れる。

寒い、寂しい、と思う間もなく、エバンズの手がルイスの身体を仰向けに返した。

「あ……」

ルイスは、自分の脚の間に膝立ちになったエバンズの身体を思わずまじまじと見つめた。

彫刻のような美しい身体に汗が滲み、窓からの月明かりに鈍く光っている。

そしていつの間にかエバンズの下着も取り去られていて……髪と同じ濃い色の叢(くさむら)から、腹を打つように反り返っているものが見える。

ごくりと、自分が唾を飲む音が耳に響いた。

エバンズが、ルイスを求めている証(あかし)が、そこにある。

「入れる、から」

エバンズがそう言って、ルイスの膝を胸のほうに折り曲げた。

腕でルイスの膝を支えるようにしながら、両手でルイスのそこを左右に押し広げると、切っ先をぴたりと、ルイスのそこに押し当てる。

熱い。

「ふっ……っ」

大きい。

あれを……本当に受け入れられるのだろうか。

「力、抜いて」

促され、何度か呼吸をして、身体の力を抜いた瞬間——

ぐぐっと、エバンズが腰を進めた。

「あ——！」

ずるりと内壁を擦るように、エバンズが中まで入ってきた。

「あ、あっ……あ」

息ができない……呼吸が引きつる。

「ルイス、ルイス」

エバンズがゆっくりと上体を倒してきて、さらに繋がりが深くなる。

「大丈夫か」

額や頬に口づけながらそう尋ねるエバンズの声も苦しそうだ。

そうやって少しの間動かずにいてくれると、次第にエバンズの大きさに馴染んで、呼吸が楽になってくる。

「だ、いじょ……ぶっ、あっ」

言っている最中に、エバンズのものが自分の中で脈打ったように感じて、ルイスの声が裏返った。

応えるようにルイスの内壁が、勝手にびくびくとエバンズを締めつけているのが、自分でもわかる。

「……くっ」

エバンズがきつく眉を寄せ、唇を噛んだ。

「ごめん、余裕、ない」

自分よりもずっと大人だと思っていたエバンズの、堪(こら)えるような顔を見て、彼もまだ十代の少年なのだと、ふいにルイスは思った。

その余裕のなさが、なんだか嬉しい。

両腕を伸ばして、エバンズの肩を抱き締める。

「んっ……、し、てっ」

エバンズのいいように、エバンズがしたいように。

ルイスの言葉に、エバンズが「っ」と小さく息を呑むと、片腕をルイスの腰の後ろに差し込んでぐいっと抱えた。

「ぁあっ」

繋がりがさらに深くなる。

ゆっくりとエバンズが腰を引き……そしてまた、突き入れた。

「あ、あ……あっ……っ」

力強い腰の動きで、エバンズがルイスの中を穿ち、ルイスの身体を揺する。

波に揺られるように、ルイスはその動きに身を委ねた。

勃ち上がったルイスのものが、二人の腹の間で刺激され、擦られ、先走りの涙を零しだしている。

快感の火花が身体のそこここで弾け、身体の外側も内側も熱く火照り、頭がぼうっとしてくる。

掌に感じるエバンズの肌が汗で湿り、辷る。

耳元に感じるエバンズの息が、荒い。

今、全身で、エバンズを感じている、とルイスは思った。

強くて、逞しくて、優しくて……それでいて若く性急なものを隠し持っていて、そしてルイスを包みながら、ルイスに甘えてくれる。

こうして繋がっているからこそわかる、エバンズの本質。

そして自分という存在のことも、きっとちゃんと、エバンズがわかってくれている。

身も心も、こんなにも……

「あ……、気持ち、い……っ」

思わず零れた言葉に、エバンズの身体がびくりと震え……

「い、くっ……っ」

言葉と同時に、さらに深く奥を抉られて、ルイスの全身に稲妻のような快感が走り抜けた。

「あ……あ——」

大きく喉をのけぞらせて達したルイスの中に、エバンズが思いの丈を注ぎ込むように射精するのを、ルイスは真っ白に染まる意識の底で、確かに感じていた。


目を開けると、エバンズが枕の上に片肘をついて、ルイスの寝顔を見つめていた。

「……寝てなかった、の……?」

いつから、どれくらい見られていたのだろう、変な顔をしていなかっただろうか、と思いながらルイスが尋ねると、エバンズが微笑んだ。

「こうやって……月明かりの中で見ていると、本当に、待宵草の花のようだなと思って、見てた」

あの可憐で慎ましい花にたとえられ、ルイスは赤くなる。

「僕は……あの花は好きだけど……やっぱり僕とは……」

臆病で頑なな自分とは違う、と思う。

だがエバンズは首を振った。

「ルイスの笑顔は……控えめなのに、暗い中でほんのりと光が零れるようで……自然と、サンドロップという言葉が浮かぶんだ。今も、寝ながらちょっと唇が綻んだだけで、あの花のようだと思って見ていた」

寝顔を見られていたのだと思うと恥ずかしいが……

暗い中にほんのりと光が零れる、自分の中にそんな面があるのだとしたら嬉しい。

だがそう言ってルイスを見つめて微笑んでいるエバンズの笑みこそ、光に溢れているような気がする。

「だとしたら……サミュエルが太陽で、僕はそこから零れた光なんです、きっと」

ルイスは思わず、そう言った。

エバンズだからこそ、自分の中に光を見てくれる。

エバンズが、自分を控えめにでも輝かせてくれる。

「それは言いすぎだ」

エバンズは苦笑したが、すぐに真面目な顔になる。

「だがもしそうなら……俺は、どこかにある自分の一部をずっと探していたのを、見つけたことになるんだな。俺だけの……たった一人の、大切な人を」

その言葉が、ルイスの胸を震わせた。

血の繋がった家族を持たないエバンズ。

優しいドクターとルーイはいるが、その二人は互いに特別な関係で……エバンズは自分だけを特別に思ってくれる人を求め続けていた。

完璧に見えるエバンズの中にぽっかりと空いた穴を……自分がぴったりと埋めることができるのなら、本当に、本当に、嬉しい。

視線が合う。

絡み合う。

そして……エバンズの顔がゆっくりと近づいてきて、ルイスは瞼を伏せ、唇で唇を受け止めた。


翌朝、使いを出すとすぐにドクターが迎えに来てくれ、二人はドクターの家に戻った。

呼び鈴を鳴らさずに玄関を開けると、ホールで待ち構えていたらしいルーイが二人を見て安心したような笑顔になり、それから思いがけないことを言った。

「ルイスの叔父さまがお見えなんだ」

「叔父が？」

ルイスは驚いて尋き返した。

まだ、他人の家を訪問するような時間ではないのに、どうしたのだろう。

「実は」

ルーイが説明しようとしたとき、勢いよくドクターの家の居間の扉が開き、叔父が姿を現した。

取り乱した様子の叔父は、髪は乱れ、ネクタイは曲がり、なんと左右に違う靴を履いている。

驚いているルイスを見て叔父は、

「無事だったか！」

そう大声で叫び、へなへなとその場に、膝から崩れ落ちる。

「お……叔父さま」

慌ててルイスは叔父に駆け寄り、助け起こした。

いったい叔父に何があったというのだろう。

「ドクターが出かけてすぐ、お見えになったんだ。誘拐犯から脅迫状が届いたとかで……

二人は無事で、ドクターが迎えに行ったってお話ししたんだけど」

ルーイが説明する。

エバンズが手を貸してくれ、叔父を支えて一同は居間に入り、ソファに落ち着いた。

ルーイがすぐに、水を入れたグラスを叔父に差し出す。

叔父はふうふうと息をして、しきりにハンカチで汗を拭っている。

「脅迫状が届いたとか？」

ドクターが穏やかに尋ねると、叔父せわしなく頷いた。

「昨夜……ル、ルイスがいなくなって、尋ねてきていたエバンズくんもいつの間にかいなくなっていたので、エバンズくんがルイスを連れ出したのかと思ったんですよ。そうしたら今朝、郵便受けに手紙が入っていて」

叔父が震える手で懐からくしゃくしゃになった紙を取り出す。

ドクターが受け取って開き、ルイスが横からそれを覗き込むと、

『息子を返して欲しければ、身体を壊して工場を辞めさせられた者たちへの詫びとして、一万ポンドを払え。午後五時に金を持ってチャリングクロス駅に立っていろ』

そう書いてある。

賊の一味が、昨夜のうちに郵便受けに放り込んでいたということだろう。

「い、いなくなったときにはエバンズくんが一緒だったはずだから……エバンズくんが何かを知っているんじゃないかと思って、無礼を承知で、こんな時間にお訪ねして」

話しているうちにようやく叔父は落ち着いてきたらしく、グラスの水を一気に飲み干してため息をついた。

「……心配なさったんですね？」

ドクターは向かいに座る叔父の手を取り、その甲を安心させるように軽く叩いた。

「もしかすると、お金を用意なさるおつもりだったんですか？」

「こ、これから……銀行が開いたらすぐ、と思いました」

叔父は頷き……

それから、両手で顔を覆った。

「わ、わしは跡取りを失うところだった……一万ポンド出したって、血の繋がった甥は買えない。せっかくここまで……あと五年もすれば、会社を半分は任せたいと思っていた甥を」

「叔父さま……」

ルイスは絶句した。

叔父は自分のために叔父が身代金を払うようなことはないだろうと思っていた。

だから、自分は殺されるのだろう、と思っていたのだが……

どういうことだろう。

叔父が自分に対して、何か愛情のようなものを持っていたとは感じられない。

するとドクターが、軽く叔父の手首に指を当てた。

「バーネットさん、失礼ですが、近頃動悸がひどいというようなことは？　寝汗はかきませんか？　興奮なさると、目の前が赤くなるような感じがしたことは？」

「なぜそれを」

叔父は驚いたようにドクターを見て、それから苦笑した。

「いや、あなたは医者でしたな。わしは何か、命にかかわる病気でしょうか？」

その言葉にルイスがぎくりとすると、ドクターは首を振った。

「今は、まだ。ですが、あまり無理をなさらないほうがいい。何より、過度な興奮はお避けになったほうがいいかと。ご自身でも、不安がおありだったんですね？　それで、後継者の教育に焦っていらしたのでは？」

淡々としたドクターの言葉に、ルイスははっとした。

叔父は……健康に不安があったのだ。

そして、後継者として甥を探し出したものの、その甥がふがいなく、なかなか会社を任せられる人間に育たないことに苛立っていたのだろうか。

「叔父さま」

ルイスは……立ち上がり、そして叔父の前に膝をつくと、叔父の顔を見上げた。

「叔父さま、僕……何も知らなくて……」

よく見ると、叔父の目の下には深い皺が寄り、顔色は興奮で不自然に赤いが、肌はくすんで見える。

そんなことにも自分は気づかず……ただただ、母や弟を裏切って贅沢な生活をしていることへの罪悪感とか、叔父の跡を継ぐような適性や能力がないことへの不安とか、そういう……自分の気持ちのことしか考えていなかったような気がする。

これが叔父でなくて父だったら？

自分が最初から、実業家の跡取り息子として生まれていたら？

もっとちゃんと将来に向き合い、たとえ経営者に向かない性格だと思っても、自分なりに覚悟を決めて、少しでもましな経営者になれるよう努力したのではないだろうか。

自分は……結局、甘えていたのだ。

「僕、僕は……叔父さまから見たら、不出来な甥かもしれませんけど」

ルイスは思い切って、言った。

「叔父さまと同じようではなくても、少なくとも……叔父さまの築いたものを台無しにしないように、なんとか頑張らなくてはいけなかったんです。叔父さまが、僕のことを物足りないと思われたの……わかります」

「ルイス」

叔父は驚いたようにルイスを見て、瞬きをした。

「お前を……物足りないと思っているのは事実だ。だが、お前以外にいないのも、事実なのだ。今さら弟たちを教育するのでは、時間もかかりすぎる。だからわしは……なんとかお前に、気骨のある男になってもらわないと……しかも、わしには時間が余り残されていないのだとしたら」

「バーネットさん」

ドクターがまた、穏やかに口を挟む。

「今から少しずつでも、お一人ですべてを背負うのをおやめになって会社の部下に任せられるところは任せるようにすれば、長生きはできると思いますよ。そのためには、信頼できる人を周囲に集めなくてはなりません」

「……そこが、問題なのだ。誰一人、信用できん」

叔父が呟いて唇を噛む。

するとドクターが微笑んだ。

「少なくとも、ルイスは信頼できる甥御さんでは？　物足りなくはあっても、あなたを裏切るようなことはしない。私はそう思いますが」

叔父は途方に暮れたように、ルイスとドクターを交互に見る。

「それは……もちろん……ルイスは、なんといっても血縁だし……小ずるい人間でないことは、わかっている」

少なくとも叔父は、ルイスのそういう面は認めていてくれたのだ。

「だとしたら」

ドクターは続ける。

「それは、これからの時代に必要な資質でしょう。私は、これからは貴族の時代ではない、あなた方のような実業家が国を動かす時代になっていくのだと思っています。だが、人の心を摑むような経営をしないと、結局は今回のように、足元を掬われる。ルイスは、あなたのように無から有を生むことはできなくても、部下や従業員に嫌われず、その心を摑んで会社を保っていくことができる人間になれるのではないかと思いますよ。それが、初代と二代目の差では？」

ドクターの言葉は、叔父だけではなくルイスに向かって言っているようにも思えた。

そしてルイスは、それこそが自分の目指すべきことだ、とわかった。

今回の誘拐騒ぎも、叔父が首にした従業員の恨みから起きたことのようだ。だとしたら……今後は、恨みを買わずに、従業員のことを考えて経営できる経営者が必要で、自分はそういう経営者にならなら頑張ってなれる、なりたい、と思う。

もちろん、会社の利益は保たなければならないから、そういう勉強や助言者は必要だけれど。

「叔父さま」

ルイスは叔父の膝の上で、叔父の手を取った。

「僕は……ドクターがおっしゃるような経営者を、目指したいです。そうやって、ちゃんと叔父さまのお役に立って、叔父さまに安心していただきたいです」

「ルイス」

叔父がルイスを見つめ……やがて、ふうっとため息をついた。

「わしは……お前と、もっと腹を割った話をしなくてはならなかったんだな」

その言葉を聞いて……ルイスは、自分と叔父の間に、これまでにはなかった可能性が開けたのを感じた。

腹を割った話をして、将来を築いていく。

もちろん、叔父の高圧的な性格がすぐに変わるわけではないだろうし、ルイス自身の、臆病で内気な性格も、すぐになんとかなるようなものではない。

叔父がルイスに苛立ち怒鳴りつけるようなことも、今後もないとは言えない。

それでも、ルイスがしっかりと将来への覚悟と展望を持って、誠実に叔父の期待に応えていければ……今とは違う、叔父との関係を築いていける。

そう思わせてくれるのは、ドクターの言葉であると同時に……無言で今のやりとりを見守っているエバンズのおかげだ、とルイスにはわかった。

ルイスがルイスであること、そのルイスを丸ごと特別な存在として必要としてくれている人がいること、それが、これまで持てなかったルイスの「自信」を支えてくれているのだ。

それがルイスには、これまで真っ暗闇だった場所を照らす、黄色い小さな待宵草の花のように思える。

ルイスが行く道を点々と照らし、導いてくれる光のしずくに。

「どうやら、お気持ちは落ち着かれたようですね」

ドクターがそう言って、ふと思いついたようにつけ加える。

「それからもう一つ。できれば、家の中に、家政を任せられる女性がいたほうが、健康上の負担を減らすことになるかと思いますが」

「家政を任せられる……?」

叔父は眉を寄せた。

「だがそう言われても、今さら結婚など……かといって、家政婦は、何人か雇ったこともあるのだが、居着かない」

家政婦がいないので、叔父の家はあれだけの邸宅でありながら、コックと従僕と客間女中が、統率する人間がいないまま、境界線も見失っている感がある。

食事も叔父が食べたいときに気まぐれに言いつけるので、不規則だし、栄養のことも考えられていない。

「私は」

ドクターがさらりと言った。

「バーネット夫人が適任なのではないかと思いますがね。今は入院中ですが、健康を回復されれば……牧師の家庭を取り仕切っていた、しっかりした誠実な女性とお見受けしました」

ルイスの心臓がばくんと跳ねた。

もし……もし、叔父が、母に家政を任せてくれるのなら。

少なくとも、他人の家で重労働をするよりも、母ははるかに楽になるし……もちろん母は、誠実に家政を取り仕切るだろう。

だがそんな希望を露骨に顔に出していいものかと思っていると……

エバンズが横から、何気ない口調で言った。

「そういえばルイスの弟たちも悧巧そうだったな。将来的にルイスの片腕になって会社を支えるなら、身内のほうがいいんだろうし……ああ、余計なことを言いました、忘れてください」

ルイスが驚いてエバンズを見ると、エバンズが叔父にわからないように、ルイスに向かって片目を瞑ってみせる。

そしてルイスは、ドクターとエバンズの言葉で、叔父の顔に何かを考え込むような、微妙な変化を見て取った。

種は蒔かれた……叔父の性格からして、今はこれ以上無理に押さないほうがいい。

これもまた、ルイスの行く道に点る、小さな希望の光になったのだ。

「さあ」

それまで黙って成り行きを見ていたらしいルーイが優しく言った。

「そろそろ朝食にしませんか？　バーネットさんもまだだとお見受けします。僕たち全員、このままだと昼前に倒れてしまいます」

そう言われてみると、朝食どころか……昨夜から何も食べていないような気がする。

ルイスがそう思った瞬間、エバンズの腹がぐうっと鳴り……その場を、なごやかな笑いが包んだ。


ルイスは、一日遅れで寄宿舎に戻った。

エバンズもやはり一日遅れで戻ったし、学校側には事情を説明しないわけにはいかなかったので、二人が一緒に誘拐されたらしいという噂はあっという間に生徒たちに広がった。

「ねえねえ、怖い思いしたの？　二人で戦って逃げ出したって本当？」

同じ学年のアレンが、食事時にルイスに尋ねてくる。

周囲が興味津々なのは編入初日と同じだが、それを受け止めるルイスの気持ちは、まるで違っている。

「戦ったのは、エバンズだよ。一緒に誘拐されたのがエバンズでなければ、どうなっていたかと思う」

ルイスが正直に言うと、向かい側から部屋長のモリスが、

「いや、バーネットだって、銃を持った奴に小麦粉の袋を叩きつけて倒したって、エバンズから聞いたけど」

そう口を挟み、生徒たちがわっと声をあげる。

「バーネット、すごいんだ」

「見かけによらない……って、ごめん、いざというとき発揮できる力ってすごいね」

エバンズの説明には誇張もあるような気もするが、生徒たちが自分を受け入れてくれている雰囲気は素直に受け止めたいし、嬉しい。

「食事中は静かに」

少し離れた席からエバンズがそう言って、生徒たちはしまった、という顔で口を閉じる。

そのエバンズとルイスの目が合い——

エバンズが意味ありげに目を細め、頬がじんわり熱くなるのを覚えながら、ルイスもはにかんだ笑みを返した。

あとがき

このたびは『倫敦待宵草（ロンドンサンドロップ）』をお手にとっていただき、ありがとうございます。

待宵草は英語で「イブニングプリムローズ」ですが、その中の「サンドロップ」という花が話の中に出てきますので振り仮名は「ロンドンサンドロップ」です。

『倫敦夜啼鶯（ロンドンナイチンゲール）』から少し時間が経った同じロンドンが舞台で、このお話だけでも楽しんでいただけると思いますが、「夜啼鶯」をご存知だと、あの人とあの人はあんな感じになっていて、あの人があんな感じになっている！　と（笑）思っていただけるかと思います。

さて、タイトルに関しまして、担当さまと「待宵草？」「宵待草？？」ということがありましたので、ちょっとだけご説明を。

植物の名前は「待宵草」なのに、竹久夢二「宵待草」という詩が歌になって流布したので、「宵待草」のほうが耳馴染みがあるのですが……これ、竹久夢二があえて語感にこだわったという説と、単に「間違った」という説があるのです！

さて、どちらが本当なのか、どちらにしても紛らわしいぞ、竹久夢二（笑）。

今回も、イラストは八千代ハル先生です！

前回『倫敦夜啼鶯』でとても美しいイラストを描いていただき、こうしてまた続編でお願いできて本当に嬉しいです。

あのちびっこがあんなに素敵に……感動です。

他にもこまごまと、この時代の雰囲気を本当に素敵に仕上げていただき、ありがとうございました。

担当さまにも、ややこしいタイトルでご面倒をおかけしたりして、今回も大変お世話になりました。

今後もよろしくお願いいたします。

そして、この本をお手に取ってくださったすべての方に御礼申し上げます。

コロナ禍もちょっと先が見えてきた感じですから、もう少し頑張りましょう。

また次の本でお目にかかれますように。

夢乃咲実

夢乃咲実先生、八千代ハル先生へのお便り、
本作品に関するご意見、ご感想などは
〒101-8405
東京都千代田区神田三崎町2-18-11
二見書房　シャレード文庫
「倫敦待宵草」係まで。

本作品は書き下ろしです

倫敦待宵草（ロンドンサンドロップ）

2022年2月20日　初版発行

【著者】夢乃咲実（ゆめのさくみ）

【発行所】株式会社二見書房
東京都千代田区神田三崎町2-18-11
電話　03(3515)2311［営業］
　　　03(3515)2314［編集］
振替　00170-4-2639
【印刷】株式会社 堀内印刷所
【製本】株式会社 村上製本所

落丁・乱丁本はお取り替えいたします。
定価は、カバーに表示してあります。

ISBN978-4-576-22010-9

https://charade.futami.co.jp/